U0013144

有朝一日，安然長眠

いつか、眠りにつく日

Someday, the day go to sleep
by Inujun

戌淳

王蘊潔・譯

——現在為各位觀眾播報剛才收到的最新消息。

下午三點多，東名高速公路濱松交流道附近，發生一起十輛車連環追撞的重大車禍。

發生車禍的車輛中，包括了一輛遊覽車，上面載滿都立津久丘高中參加校外教學的學生。

這場車禍造成多人死亡，現場一片混亂。

目前尚未收到有關死傷者的消息。

受到該起車禍影響，東名高速公路從濱松到磐田路段暫時無法通行。

再重複一次，東名高速公路濱松交流道附近發生了連環車禍。

目前尚未收到有關死傷者的消息。

一旦有最新消息，將馬上為各位播報。

……繼續播報下一則新聞——

目錄

序章

——二十四小時前——

哨子的聲音被吸進夏日的天空。我抬起頭，看到一片和中午時相同的藍天。

校舍旁那棵大樹樹蔭下是我的固定座位，我總是坐在露出地面的粗大樹根上看著操場。

我將視線移回操場，看到有幾名田徑社的人在做暖身操。

「妳在看什麼？」

聽到說話聲回頭一看，山本栞搖晃著綁起的頭髮，正向我走來。

「沒看什麼啊，只是覺得今天田徑社的人很少。」

我故作平靜地回答。

「啊，今天沒有社團活動，還是有人在練習。」

栞在我旁邊坐下後，和我一樣看向操場。

「那妳又是為什麼來這裡？」

「喔，老師要我來找『正在練習的人』。」

「是要參加校外教學的人嗎？」
「對啊，蓮這個笨蛋，一下子就衝出教室不見人影了。」
——噗通。
每次聽到這個名字，心跳就會不由自主地加速，聽到咚咚的聲音。
琹應該沒有聽到吧。
「對啊，蓮真的超愛跑步。」
我盡可能用不以為意的語氣回答。
「對啊對啊。」
琹笑得眼睛瞇成一條線。每次看到她的笑容，就很安心。她的個子比我稍微高一點，雖然我們是同學，但總覺得她像我的姊姊，而且在考試前，她經常輔導我功課；當我為一些雞毛蒜皮的事沮喪時，她也總是安慰我，是最懂我也最挺我的閨密，我超愛她。
「螢，妳又在這裡看書嗎？」
「對啊，回家反正沒事。坐在這裡心情好平靜，要不要一起坐在這裡看書？」

「我光看課本就飽了。」

她摸著肚子，扮完鬼臉後起身，走向操場。

「喂，大高蓮！有沒有在操場！？」

琹把手放在嘴邊，大聲叫道。

比起姊姊，其實她更像是天塌下來都不怕的媽媽。

有幾個人驚訝地看過來，不知道發生什麼事。

我在那些人後方看到一個正張開雙腳做伸展操的身影。

即使離得再遙遠，我也能一眼認出他。

……大高蓮。

只要看到他的身影，我就無法呼吸，臉頰頓時發燙，有點喘不過氣。雖然很幸福，卻因為無法把這種幸福心情說出口而焦急。所有情緒全都湧上心頭，讓我有一種想哭的感覺。

「妳們不是已經回家了嗎？還在這裡幹嘛？」

蓮走過來時看著我們問。

……完了，他實在太帥了。

雖然他個子並不是很高，但頭髮清爽，手臂結實，還有一雙溫柔的眼睛。

他來到我們面前時，像往常一樣帶著笑。這些年來，他猶如太陽般耀眼的笑容始終陪伴著我。

蓮……從那時候到現在已經五年。第一次見面那天，你也露出這樣的笑容，你親切的笑容讓我對你一見鍾情。

不知道我是否表現得像朋友？我是否笑得很自然？

不知道從什麼時候開始，想他的時間變長，雖然甜蜜，但更加痛苦。於是我知道，單戀只有最初才是快樂時光。

我越來越想哭，故意低頭假裝整理頭髮。雖然希望這份感情不被別人發現，但內心深處又會產生完全相反的念頭。我很希望有朝一日，可以向他傳達心意。

「班會一結束，你就衝出教室，之後還有校外教學的說明會啊。」

栞雙手扠著腰說。
然後，她從書包裡拿出一張印著說明事項的單子塞給蓮。
「啊？是嗎？謝啦。」
「已經是校外教學的前一天了，還不能休息嗎？」
栞不解地問。
「剛好相反。」
「什麼相反？」
「正因為從明天開始，有好幾天都不能訓練，這才急著要訓練啊，否則身體的靈活性會變差。」
蓮說完這句話，對我一笑。
「真受不了，」我覺得自己該說些什麼，於是就像往常一樣開玩笑說：
「蓮，你真的是田徑狂。」
「妳說什麼？」
蓮故意皺起眉頭，右手放在我的頭上，用力揉我的頭髮。

「不要亂摸啦。」

我甩開他的手，抬頭看他，他得意地笑了。我愛死他這張笑臉。

我笑出聲，但心在流淚。我很高興，卻又難過和悲傷。

「螢，我問妳。」

栞和我一起走進被染成夕陽紅的回家路上時開口。

「妳是不是喜歡蓮？」

「哪、哪有啦！妳在胡說什麼啦？怎麼可能有這種事？」

「別騙了，別騙我了，妳剛才看到他時，不是心花怒放嗎？」

想起蓮剛才摸我頭髮的感覺，我幾乎又忘了呼吸。

為了避免被栞發現，我故意用輕鬆的語氣說：

「蓮根本把田徑當成女朋友，我現在已經高二了，整天忙升學的事，暫時沒有時間談戀愛。」

「是嗎？」

栞以懷疑的眼神看著我。

我也不知道為什麼。

現在的心情和以前覺得「可能有點喜歡他」明顯不同，無法輕易把自己的心意說出口。

這該不會……成為我的初戀？

但是我無法把內心真正的想法告訴栞。栞可能懷疑我喜歡蓮，有時候會問我這個問題，我每次都極力掩飾。

我平時和栞無話不談，為什麼在蓮的問題上就守口如瓶？

是因為我對蓮的感情還沒有到那種程度嗎？

還是我知道自己的感情不會有結果？

蓮的周圍總是有很多朋友，而且他身邊總是充滿歡聲笑語……

越覺得他很重要，就越覺得自己很渺小。

他有那麼多朋友，我只是其中之一，他根本不可能喜歡我……我一開始就認定是這樣，然後獨自煩惱。

「嗯，話說回來，」琹摟著我的肩膀說：「我很慶幸妳沒有男朋友，因為這樣我才能夠獨佔妳。」

「哈哈，我也是只要有妳就滿足了。」

我用臉貼著她的手，她又安慰了我的心。

「啊，妳不覺得明天的校外教學很煩嗎？」

琹耍脾氣地嘟著嘴說。

「對啊。」

「要不要乾脆不去參加，然後找地方去玩？」

從她的語氣中，聽不出有幾分真假。

「啊，好啊，聽起來很好玩。」

我也不禁這麼覺得，於是這麼回答。琹鬆開手，探頭看著我的臉說：

「喂！螢，這是妳的壞習慣，耳根子不要這麼軟。」

她故意裝作生氣。

「啊？明明是妳先說的，妳挖坑給我跳，太過分了。」

「哈哈，對喔。」

短暫的沉默後，我們兩個人都大笑起來。

初夏的傍晚，笑聲融化在天空中。

——三十分鐘前——

雖然是非假日的午後，但休息站內人滿為患。

遊覽車載著參加校外教學的學生，已經遠離學校，如今在靜岡縣內的高速公路休息站。

今天明明不用上學，但一大群穿著制服的學生興奮地聊著天，在休息站內走來走去。

我上完廁所，看到蓮正在自動販賣機前和一群男生打鬧。八成又是為了無聊的事，但看到蓮笑得臉擠成一團，我自然地笑了。

「嗨，螢。」

蓮注意到我，離開了那群男生向我跑來。

「幹、幹嘛？」

我知道自己有點緊張，假裝不耐煩地回答。

我為什麼無法在這種時候表現得很可愛？我忍不住討厭自己。

「幹嘛啦？不要露出這麼可怕的表情。」

「我天生就長這樣。」

「哼，算了，不跟妳計較。但是在學校以外的地方見到妳真新鮮，感覺妳變可愛了。」

「什麼意思啊？」

「那就遊覽車上見嘍。」

蓮說完這句話，輕輕揮揮右手，跑回那群男生那裡。

「他剛才……說我可愛？」

我愣在原地，好像思考迴路短路了。

……他只是說說而已，千萬不要抱有期待。雖然我一次又一次這麼告訴自己，但心情還是無法平靜。

「螢，讓妳久等了。」

栞從廁所走出來，我抓著她的手臂，興奮地告訴她剛才發生的事。

「真的嗎？」

「真的、真的，他真的這麼說。」

栞正在休息站的禮品店內看靜岡名特產，我激動地強調。

「啊，這個好可愛。」

栞拿了一個兔子娃娃的吉祥物給我看，我瞄了一下六百三十圓的價格標籤，又繼續說著。

「妳有沒有聽我說？男生會隨便說女生可愛嗎？」

「我不知道……啊，妳覺得這個怎麼樣？」

我完全沒看那個鑰匙圈一眼，繼續問她：

「蓮這麼說到底是什麼意思？妳覺得呢？」

「嗯，不清楚。啊，要不要買零食？」

「我不知道有沒有說錯話，好擔心喔。」

「喂！」

琹突然大叫一聲看著我，我產生錯覺，好像時間停止，嚇了一跳……

經過的人都看著我們。

「啊？怎麼了？」

琹直視著我，她似乎很生氣。

「說到底，」琹開口，「妳果然喜歡蓮。明明是來參加校外教學，但妳開口閉口都在說他的事。」

「琹，妳怎麼了？」

「妳喜歡他當然沒問題，因為我一眼就看出來了。我既然是妳的閨密，當然看得出妳喜歡誰。但是……但是，妳之前為什麼都瞞著我？」

「……」

「……妳根本不當我是妳的閨密，所以才不跟我說，對不對？昨天也是，不，妳每次都顧左右而言他。我什麼事都告訴妳，但妳什麼事都瞞著我。既然這樣，我們……這樣根本不算是朋友！」

琹說完這句話，跑出了禮品店。

——十分鐘前——

我快步穿越停車場去追琹。

但是，我的腳步越來越沉重。雖然發現離琹的距離越來越遠，但兩隻腳不知不覺停下來。

「怎麼辦……」

我惹琹生氣了。

琹說得沒錯，我喜歡蓮，但就連我自己都不明白，為什麼之前都沒有和她討論這件事。

她當然會生氣。如果她這麼對我，我也會生氣。我開始自我厭惡，越來越難過。

雖然我喜歡蓮，但不想承認。我該如何向栞說明這種複雜的心情？

每個班級一輛遊覽車，如果我回到車上，栞和蓮也都會在車裡。雖然栞的座位在我後方，而且離得有點遠。

上了遊覽車，大部分同學都已經回到車上，栞當然坐在自己的座位上。

我回頭看她，發現她看向窗外，沒有看我一眼。

我在自己的座位上坐下，但覺得還是應該去向她道歉。正當我站起來時，遊覽車無情地出發了。

我嘆著氣，再度坐下……吵架的感覺很不舒服。

我剛才的確一直在說蓮的事，但栞說得太過分了，竟然發那麼大的脾氣，有點莫名其妙。

「說什麼我們不是朋友……有必要說這種話嗎？」

我悶悶不樂，不禁自言自語。

「怎麼了？」

隔著通道，坐在我斜前方的蓮轉過頭問我。

一看到他的臉，立刻想到他剛才說我『可愛』，體溫立刻上升。

「沒、沒事……」

我結結巴巴地嘟囔，蓮轉頭看向前方。我雙手摸著臉頰，臉頰仍然發燙。

太明顯了，栞當然不可能沒發現……唉，我越來越自我厭惡。

遊覽車加快速度在高速公路上行駛。

不知道是否行程延誤，遊覽車時左時右變換車道，我的身體也跟著搖來搖去。

「會不會有點可怕？」

坐在靠窗座位上的同學不安地看著我。

「是啊……」

從剛才開始，坐在座位上，身體搖晃不已。

我探出身體，試圖瞭解前方的狀況，和轉頭回來看我的蓮四目相對。

「沒事吧？」

「嗯。」

我很自然地擠出笑容，轉頭看向遊覽車前方，難以相信自己所看到的景象。前面幾輛車竟然橫著開。這個畫面就像慢鏡頭般出現在眼前。

……怎麼回事？為什麼可以在高速公路上橫著開車？

我的腦海中才剛閃過這個念頭，就聽到沉悶的聲音，接著前方冒起煙。隨即聽到從很近的距離傳來巨大的金屬聲，和按喇叭的聲音。

——嘰嘰嘰嘰！咚！

可怕的聲音讓我忍不住閉上眼睛，隨著巨大的搖晃，我整個人被甩到通道上。

「啊——」

我聽到近處和遠處尖叫聲。

我抓著座位，勉強起身，難以置信地發現高速公路的牆壁正急速逼近。

高速公路的牆壁簡直就像想要抓住我的怪物，我看傻了。牆壁以驚人的速度撲過來。

「呃！！」

……會撞過來嗎！？

——砰砰！轟轟轟轟轟轟！

巨大的衝擊讓我的聲音變成尖叫。

第一章 透明的存在

1

我討厭早晨。

即使再怎麼不願意，時間仍然平等地流逝，黑夜漸漸被朝陽驅散。天一亮，人就開始活動，每個人的人生開始轉動。

我並不討厭上學，只是早晨總是起不了床，直到高中二年級，每天都要媽媽叫我起床。

但是今天早上和平時不一樣。

雖然我仍然閉著眼睛，但身心已經完全清醒。平時身體總是無法離開床，懷疑身體是不是被床黏住，就算勉強起床，身體還是很沉重，換衣服的動作慢吞吞的。

但是今天為什麼一醒來就神清氣爽？我第一次有這種感覺。

我整個人精神都很好，簡直就像睡了很久，終於睡飽了。我靜靜地睜開眼睛。

「咦？」

白色煙霧在眼前飄動。我想了想，大腦立刻發出異常警告。

「啊，失火了！？」

我慌忙起身，發現房間內有淡淡的煙霧，眨了好幾次眼睛，但煙霧仍然沒有散去。當我發現眼前這片白色景象是現實，立刻跳下床。

「不會吧，怎麼會這樣？」

我跑到窗邊，打開窗簾，用力打開窗戶。

我正想要呼吸新鮮空氣，想到一件事。如果失火了，應該會聞到焦味，但我房間內完全沒有任何焦味。

而且窗外的風景好像同樣蒙上一層煙霧，馬路對面的房子很模糊，幾乎快看不到了。

這是霧嗎？夏天會起霧嗎？但是連房間內也有霧，實在太奇怪了。

我再度打量自己的房間。

「咦？」

我覺得很不對勁。

平時我的房間都很凌亂，現在竟然整理得井然有序。平時亂丟的漫畫和脫下的衣服都不見了。

……我記得昨晚上床睡覺時，還和平時一樣。

這時我才發現自己竟然穿著制服，就是所謂的水手服。

『我怎麼會穿著制服睡覺？』比起這個疑問，房間整理得一乾二淨這件事更讓我感到不真實。

……對了，我昨天是怎麼上床睡覺的？

在我思考這個問題時，煙霧似乎慢慢散開，視野漸漸清晰起來。

一大早就發生這麼多奇怪的事，我漸漸有點搞不清楚什麼是現實了。

「搞不好是夢。」

我自言自語地嘀咕，突然聽到一個聲音。

「不，這是現實。」

我嚇得尖叫起來。抬頭一看，發現有一個人站在房門口。

「你、你是誰！？」

我不顧自己的聲音破音，問道。煙霧還沒有完全散去，因此那個人的身影模糊，看不太清楚。

「妳是森野螢，對嗎？」

隔著煙霧，聽到一個低沉的聲音。

「你是誰……」

我發現自己的聲音變得無力，大聲問：「你是誰啊？」

「螢。妳的名字真奇怪。最近流行這種名字嗎？」

煙霧變得更淡了，我同時看到對方。

他瘦瘦高高，有一對細長的眼睛，抱著雙臂，像模特兒一樣靠在牆壁上……年紀大約二十多歲？

他似乎在等待我回答，注視我的雙眼冰冷。

「你是誰啊？」

我詛咒自己詞彙貧乏，只能一再重複相同的問題。

「我是妳的引路人，我沒有名字。」

當煙霧幾乎都散開後，我發現這個男人穿著黑色西裝。仔細一看，發現他從髮色到西裝內的襯衫和鞋子都是黑色。

……他竟然穿鞋子進我房間！

我無法理解眼前的狀況，只覺得生氣。

「你、你該不會是警察？」

雖然我不知道為什麼會有這種想法，但脫口而出。

「啊？妳白痴嗎？我是……」

男人無奈地走過來。既然他不是警察……難道是小偷？還是覬覦我的身體！？

「喂，你不要過來！」

我立刻拿起旁邊的文庫本丟過去。文庫本發出沉悶的聲音，打中他的頭。

「好痛！」

我似乎成功擊中了他。

於是我馬上隨手抓起旁邊的東西丟過去，趁他不備，衝到走廊上。

「媽媽！媽媽！」

「小等一下！」

男人說著這個年頭，連木村●哉也不會說的話追上來。

走廊很短，我跑過走廊，一口氣衝下樓梯。我每天早上都睡到快遲到才起床，這段路已經跑了很多年，形勢對我絕對比較有利。

「媽媽！小偷！有小偷！」

我用力推開客廳的門，發現媽媽一臉茫然地坐在沙發上。

「媽媽，快逃！媽媽。」

我衝到媽媽身旁大叫：

「出事了！有小偷！」

我轉頭向後看，那個男人還沒有追上來。

必須趕快逃走。怎麼辦？現在沒有時間回到玄關了，也許打開眼前的落地窗，逃去院子比較好。

「媽媽，要趕快逃！」

但是，媽媽根本沒有看我一眼，她坐在沙發上一動不動。而且媽媽和平時不一樣，看起來格外憔悴。

「不是叫妳等一下嗎？」

聽到男人的聲音，我跳了起來。我轉頭一看，發現他一臉失落地站在門口。

「你殺了我媽媽嗎？」

「啊？」

「你把我媽媽……」

「妳腦筋有問題嗎？妳仔細看一下，她不是活得好好的嗎？」

男人苦笑著說。為什麼這種時候還笑得出來？我無法理解接連發生的這些不同尋常的事。

我聽從他的意見，緩緩轉頭看著媽媽。
媽媽雙手捂著臉，深深地嘆著氣。
「太好了……媽媽，妳聽我……」
我在說話的同時，伸手想摸媽媽的肩膀，但說不下去。
怎麼回事……
我伸出的右手穿過媽媽的肩膀。我忍不住縮回手，目不轉睛地盯著自己的手掌，不知道發生什麼事。
「……怎麼了？這是怎麼回事？」
我再次戰戰兢兢地伸出手。
我的指尖在發抖。
但是，我的右手一下子就穿過了媽媽的身體，簡直就像在摸3D立體影像。
「什麼嘛……怎麼會這樣？」
我的雙眼盯著比剛才顫抖得更加嚴重的指尖，男人不知道什麼時候已經走到我身旁。雖然我的身體顫抖一下，但我更希望他向我說明眼前的狀況。

我下定決心，看著男人的臉。

他比我想像中更高，我必須抬頭才能看到他的臉。

「螢，妳先鎮定，我是妳的引路人。」

「這到底是怎麼回事？為什麼、為什麼？媽媽……到底怎麼了！」

男人直視著我。

他的眼睛不像剛才那麼冰冷，奇怪的是，我竟然不害怕。男人沉默不語，時間好像靜止。片刻之後，他開口。

「螢，妳聽好了。妳已經死了。」

人在面對超出自己能夠容忍範圍的事時，會做出意想不到的行為。至於會做出怎樣的行為，應該因人而異，我則是突然放聲大笑。

「你在說什麼？這是開玩笑嗎？哈哈哈，真的很難笑欸。」

我嘴上這麼說，卻笑得停不下來。我的思考迴路顯然真的短路了。

我在說話的同時看看媽媽說：

「我知道了，這是不是整人遊戲？媽媽，別鬧我了。」

我對著媽媽說話，但媽媽仍然茫然地看著半空。

媽媽向來表情很豐富，一下子笑，一下子生氣，這是她的特徵，我從來沒有看過她這種表情。

這時，我猛然想起男人剛才說的話。我死了……

「妳不是去參加校外教學嗎？妳去校外教學時出了車禍。」

男人靜靜地說。

校外教學。這幾個字讓我產生不愉快的感覺，但我不知道為什麼會有這種感覺。

「我不是還活著嗎？」

「不，妳在那場車禍中死亡。這已經是一個月前的事了。」

「別鬧了，我旅行回來，現在不是活得好好的嗎？你白痴嗎？」

當我停止發笑後，終於對男人怒不可遏。

但是，在感情的縫隙中，閃過一個畫面。

宛如潛意識知覺閃現在腦海中的畫面，是遊覽車外的景象。

大腦似乎拒絕回憶，只看到模糊的影像。

「妳去校外教學時不是搭了遊覽車嗎？遊覽車在高速公路上行駛時，前方有一輛卡車撞到更前面的車子。」

「我不知道。」

……輪胎打滑的聲音。

「好幾輛車撞在一起，發生了連環車禍。」

「我不知道這種事。」

……尖叫。車身用力搖晃。

「我能夠理解妳不想承認的心情，但我相信這些事都留在妳的記憶中。」

「我不是叫你別再說了嗎！」

……橡膠燒焦的味道，巨大的衝擊發出好像爆炸的聲音。

「螢，妳努力回想一下。妳就是在那時候喪生。」

「別說了！」

眼前的世界被刺眼的光籠罩，隨即變成影像甦醒。

遊覽車加快速度。蓮回頭看我。遊覽車搖晃。高速公路的牆壁逼近眼前……所有的一切就像是快轉的電影，但真真切切，就是我曾經經歷的現實。我甚至記得從身體深處迸發的尖叫聲。

當我回過神時，發現自己捂住耳朵，蹲在地上。

雖然是盛夏，但我渾身發冷，顫抖的嘴唇吐出白色的氣，融化在空氣中。

男人重重地坐在我旁邊，盤腿看著我。

「妳承認吧，如果妳不承認，我們就無法繼續進行下一步。如果無法完成為妳引路的工作，我就無法回去。」

「不是真的……這不是真的……對嗎？」

我的牙齒顫抖不已，用淚水模糊的雙眼看著男人。

「螢，妳已經不在這個世界上了，所以妳媽媽看不到妳。」

「但是、但是……剛才我用書丟你……的時候，書丟到你身上了。」

男人寂寞一笑，用訓誡的語氣說：

「妳可以碰到東西，但妳丟的書飛過來，只發生在我們這個世界，在活人的世界，書根本沒有動。否則就變成可以穿越任何東西，不是連地面也可以穿越了嗎？」

「我無法相信……」

這時，媽媽起身，朝我的方向走來。

「快撞到了。」

當我這麼叫的時候，媽媽已經穿越我的身體，走去廚房。

我茫然地目送媽媽的背影。

「妳現在知道了，活人可以穿過靈魂。因為妳並不在那裡，這也是理所當然的事，妳媽媽看不到妳，妳已經死了。」

這番衝擊性的話刺進我的心裡。

我搖搖晃晃起身，倒在媽媽剛才坐的沙發上。

我看著自己仍然顫抖不已的雙手，看起來和昨天沒有兩樣，但是……

「我……死了……」

男人理所當然地在我旁邊坐下，默默用力點頭。

「大家一開始都這樣，都無法接受這個事實。」

「我很冷。」

「妳死了，體溫當然很低，而且當精神狀態惡化，體溫就會更低。只要妳心情平靜下來，很快就會恢復原狀。」

我怔怔地看著這個連名字都不知道的男人。

「我、死了嗎？」

「對，很遺憾。」

「你說話的語氣完全沒有一絲遺憾。」

我向他抗議。

「是嗎？那真抱歉啊。」

他說道，但我感受不到他半點歉意。

「你是惡魔嗎？」

「什麼？」

「你是不是要讓我承認自己已經死了，然後把我帶去地獄？」

「妳覺得我看起來像惡魔嗎？如果是這樣，我勸妳趕快去戴眼鏡。」

雖然他皺著眉頭，相當無奈，但他全身上下都是黑色，看起來真的很像惡魔……

「那你是天使嗎？」

「天使和惡魔都只是想像的產物，我說過好幾次了，我是妳的引路人。」

「你要引導我去哪裡？」

「那個世界。」

男人理所當然地回答。

雖然這些對話有點莫名其妙，但我發現在和男人說話時，自己慢慢平靜下來。

「我真的死了嗎？」

「妳有完沒完啊？」

他冷冷地回答。

「所以我現在是幽靈嗎？」

「嗯，用人類的說法，的確是這樣。因為普通人看不到妳。」

恐怖片經常把幽靈描寫得很可怕，沒想到竟然和活人差不多。

但是，既然周圍人看不到我，我覺得自己不像幽靈，更像是透明人。

高速公路上的那起車禍發生在剎那之間。也許人的生命變化莫測，無法知道下一秒會發生什麼事。其他人都平安嗎？

「還有誰在那起車禍中喪生？」

男人瞇眼看著我，不知道為什麼，他沉默片刻。

「……沒有，只有妳一個人死了。」

「這樣啊……太好了。」

「妳在說什麼？妳難道不會不甘心嗎？只有妳一個人死了啊。」

我歪頭想想，但無法理解這句話的意思。

「如果有其他人死了，不是會有更多人傷心難過嗎？我怎麼會不甘心？」

男人聽了我說的話，似乎終於瞭解，緩緩點著頭。

「妳是個怪胎。」

我看向通往小院子的窗戶，發現剛才的煙霧已經不見了。

「我對自己死了這件事完全沒有真實感，所有的感覺都這麼真切。」

我可以聽到遠處的蟬鳴。

媽媽正在廚房洗碗，和往常一樣，廚房傳來嘩嘩的水聲。

唯一的不同，就是我已經不存在，媽媽已經看不到我了。

「媽媽的臉看起來那麼疲憊……」

「女兒死了，媽媽當然會難過。」

淚腺不爭氣，視野模糊起來。

「媽媽，對不起。」

淚水撲簌簌地流下。

我完全沒有想到，竟然會比媽媽更早離開人世。淚水讓我無法看到媽媽的身影，即使我咬著嘴唇，仍然發出嗚咽。

我以為男人又要說什麼挖苦我的話，但他什麼都沒說，只是把頭轉到一旁。

我哭了一會兒，心情終於平靜後，我對他說：

「謝謝你，我已經沒事了。」

我不再像剛才那樣覺得冷。

「是嗎？」

他冷冷地說，但現在的我聽了反而感覺很舒服。

「沒想到幽靈會流淚。」

「但肚子不會餓。」

原來是這樣。我恍然大悟。

所有的事都是第一次，只能一件一件慢慢瞭解。

「你現在就要帶我去那個世界嗎？」

男人起身，從窗前看著戶外。

「不，現在還沒有，妳接下來要為這件事做準備。」

「我並不想去那個世界，繼續留在這裡，就能夠看到大家。」

男人聽了我的話，無奈地轉過頭說：

「我引導妳走向正確的路，就是為了避免這種情況發生。妳繼續留在這裡，的確可以和大家在一起，但只有最初會高興。」

「會嗎？」

「妳想一下就知道了，別人都看不到妳，沒有人會一直為妳傷心。日子一久，就會慢慢消化這件事，享受自己的人生，到時候妳絕對會嫉妒和憎恨他們。」

我想像一下，覺得的確可能會這樣。

「而且，」男人抱著手臂，「繼續留在這裡的傢伙會受到對活著的人的感情支配，最後變成怨魂，被困在這裡，也就是人類世界所說的『地縛靈』，會造成妳所愛的人不幸。到時候就無法再去那個世界。」

我知道自己已經死了，充分感受到媽媽的悲傷。

但是我不想造成為我悲傷的人不幸。

男人似乎察覺我內心的想法。

「事情就是這樣。妳已經整整睡了一個月，剩下的時間不多，我們要趕快出發。」

他邁步走向玄關。

「一個月？」

「我剛才就已經說了，睡懶覺也睡得太過頭了。」

「我們要去哪裡？」

「先出去再說，首先要離開這個家。」

他揚揚下巴，示意『跟我來』。

我起身，又看了媽媽一眼。她可能已經洗好碗，正在泡茶。

「媽媽，謝謝妳，我出去一下。」

我忍著在眼眶中打轉的淚水，走出門外。

2

來到門外，炎炎烈日太舒服了。

在我沉睡的一個月期間，這個城市似乎迎來了夏天。

「如果是冬天，像我這種死去的人會覺得更冷嗎？」

「不，正常人在生氣或是緊張時不會覺得熱嗎？你們剛好相反，當情緒不穩定時就會覺得冷，因此只要保持平常心就沒問題。」

男人慢條斯理地走在我前面。

隔著鞋底感受到柏油路的感覺、吹動頭髮的風和耀眼的陽光，一切感覺都這麼真實，但我竟然已經不存在了。

我注視著男人的背影。

他的背影一片黑色，簡直就像影子在走路……他穿著黑西裝難道不會熱嗎？

「黑黑。」
「幹嘛？」
男人狐疑地轉過頭。
「沒有名字不是很不方便嗎？我叫你黑黑，你覺得怎麼樣？」
「啊？」
我以為他又要罵我『白痴』，沒想到他只是歪了歪頭說：
「隨妳的便。」
然後又邁開步伐。
「黑黑，我問你。」
「……什麼？」
「你好像很喜歡這個名字。」
「妳白痴喔。」
附近的鄰居阿姨站在路旁聊天，沒有人發現我的存在，沒有人看我一眼。我一不留神，被一個在路上奔跑的小孩子穿過身體。

「我以為幽靈會在天上飛，沒想到要用走路的？」
「我不是說了嗎？幽靈是你們人類自己想像出來的，其實並沒有這麼萬能。」
「真無聊。」
貼在電線桿上的海報、房子的紅色屋頂，以及晾在陽台上隨風飄動的衣服。
熟悉的風景看起來和以前不一樣，從來沒有想到，活著的時候不會多看一眼的東西竟然這麼美。
我對周圍的風景百看不厭，發現黑黑在公車站停下腳步。
「要搭公車？」
「沒錯。」
黑黑坐在長椅上，我在他身旁坐下。黑黑蹺著二郎腿閉目養神，我目不轉睛地打量著他。
「怎麼了？」

不知道黑黑察覺到動靜，還是他可以看到，他閉著眼睛冷冷地問我。

「我在想，你以前是不是也是人類。」

「不要把我和你們這些低能的人類混為一談。」

「但你看起來就是人類啊。」

黑黑睜開一隻眼睛看著我說：

「這種外形不會讓人類驚訝，所以我才以這種外形現身。」

「那原本是什麼樣子？」

「誰知道呢。」

他說話的語氣還是這麼冷淡，我正打算抱怨，聽到了公車引擎的聲音。

黑黑立刻起身，確認公車停下來後，在公車門打開之前就穿越車門上車。

我打算像他一樣穿越過去，卻無法成功，只能等車門打開後上車。

「你為什麼可以穿越車門？」

「關鍵在於意識，只要妳想穿越，應該有辦法做到，只是要多練習。」

公車上雖然開了冷氣，但可能像黑黑剛才說的，目前精神狀態穩定，所以並不覺得冷。

黑黑雙手拉著吊環站在那裡，我站在他身旁。他看著車窗外說：

「現在說明妳接下來要做的事。」

我不發一語，注視著他的側臉。

「我的工作就是把死去的人帶去那個世界，但人類很麻煩，很多人會帶著所謂『死也無法瞑目』的奇怪感情和想法。」

「是喔，就是罣礙。」

「沒錯，我的工作就是協助人類消除這些罣礙。」

「只要消除之後，就可以去那個世界了嗎？」

「沒錯。」

公車上的乘客都滿臉疲憊，不是在滑手機，就在打瞌睡。

自己竟然不存在於這種日常風景中。我對這件事仍然沒有真實感。

「我不知道自己有什麼罣礙，數也數不清，不過也只能一個一個慢慢消除。」

「我說啊，」黑黑探頭看著我說：「通常人在死了之後，就馬上開始消除罣礙，但是妳已經睡了一個月！只剩下十九天的時間，沒時間慢慢來。」

「這就是所謂的『七七四十九天』嗎？原來和人類的世界一樣。」

「人類的世界也有『四十九天』的概念嗎？太巧了。」

我點點頭說：

「我記得人在死後的四十九天期間，會在人間和靈界之間，到了第五十天就啟程，最後的離別就是『七七四十九天』。」

我轉述了爺爺去世時，大人告訴我的事。

「沒錯，所以妳必須在剩下的時間消除三個罣礙。」

黑黑對我豎起三根手指。

——噗通。

那起車禍的景象在我腦海中閃現。有什麼在動搖我的感情。我努力回想，卻什麼都想不起來。

當我回過神，發現黑黑疑惑地看著我。為了掩飾自己的手足無措，我故意開朗地說：

「只有三個嗎？啊，我覺得還有更多。我以後想成為甜點師。」

我向他發牢騷。

「這不是罣礙，而是夢想。」

他馬上反駁我。

「我有三個……到底是哪三個呢？」

「不知道，我只知道妳罣礙對象的名字和大致的地點。」

「既然知道名字，只要見面就知道了。」

「妳……」黑黑苦笑著說：「沒想到妳是個神經這麼大條的人。」

「呵呵，也許吧。」

我露出了微笑。我覺得好像很久沒笑了。

「但是，」黑黑看著窗外說：「找到罣礙並不容易。」

「啊，沒這回事吧？既然是自己的事，那就應該很容易瞭解啊。」

黑黑誇張地嘆著氣說：

「所以我才說妳是白痴。我們的世界所說的罣礙，就是在死去最後的瞬間，浮現在腦海的事。在那個瞬間浮現的想法，就連自己也很難知道吧。這些罣礙把妳困在這個世界。不瞞妳說，在我曾經引路的人中，有人的罣礙是『想吃章魚燒』。」

「啊……」

……章魚燒？就是那個章魚燒嗎？在搞笑嗎？

「啊，還有『我忘了還租來的DVD』。」

「這……這根本太莫名其妙了。」

「我剛才不是就說了嗎？幸好妳三個罣礙的對象都是人類，還算不錯。」

「喔，是這樣嗎？」

搞什麼嘛。他嚇唬了老半天，話也沒說清楚，既然我罣礙的對象是人，一開始說明白就好了啊。

我有點生氣，看著窗外的風景……我在臨死之前想了什麼？

「好，我們要下車了。」

公車不知道在哪個站停下，黑黑迅速穿越車門下車。

我慌忙追上去準備下車，差一點撞到正在付車錢的老婦人。

「啊，對不……」

我向老婦人道歉，從她身旁走過去，竟然跌倒在地上。

「嗚呃！」

下車的乘客都踩在我身上走過去。

「……」

他們都穿越我的身體，並不會痛。

即使這樣，我還是很想哭。

「咦？這裡是……」

我終於下車，發現了眼前是一片熟悉的風景。

「呃，對方名叫福嶋多喜。」

「她是我的阿嬤！」

「好像是。」

黑黑點頭。

「咦？你不是只知道名字而已嗎？」

我納悶地問，黑黑似乎有點驚慌失措。

「呃，呃呃，是啊，我這種層級的引路人，即使不需要特別調查，也知道這種程度的事。」

他挺起胸膛說。

「很可疑欸……」

「不必放在心上，小心會變老。」

我已經死了，根本不可能再變老了。

福嶋多喜是我的外祖母，三個月前，住進了離這個公車站走路五分鐘的綜合醫院。

我很愛阿嬤，放學後經常去醫院探視她。

阿嬤每次看到我，都會笑得合不攏嘴。雖然她是病人，卻整天擔心我……

「如果我的罣礙是『想再和阿嬤聊天』的話，那該怎麼辦？阿嬤不是看不到我嗎？」

黑黑邊走，邊轉頭看著我。

「妳不必擔心，在消除罣礙時，對方可以看到妳。」

對方可以看到我？

「這樣的話，對方不是會嚇死嗎？死去的人出現在眼前，根本就是恐怖片的情節。」

「是啊，但是罣礙一旦消除，妳就會從對方的記憶中消失。」

「這樣啊。」

也就是說，無論見面時談了什麼，最後都會一筆勾銷……

氣溫不斷上升，走在街上的行人毫不掩飾臉上的倦意。

我從醫院大門走進醫院，空調的冷氣立刻籠罩全身。

「啊，好涼快，終於又活過來了。」

舒服的感覺讓我忍不住這麼說。

「不，妳已經死了。」

黑黑冷靜地說。他說得有道理。我們直接走向電梯。

「停。」

黑黑叫住了走在前面的我。

「我又不是狗。」

「反正差不多。我先確認一下，真的是在這裡嗎？」

「當然啊，我來看過阿嬤很多次。」

「是喔……那好吧。那身為引路人，我要再次向妳說明規則。」

規則？就像在玩遊戲，還有遊戲規則，只不過這場遊戲無論是輸是贏，終點都是痛苦……

因為我已經死了。我差一點嘆氣，但馬上忍住了。

「什麼規則？」

「嗯。」

黑黑應了一聲，從西裝內側口袋拿出一個信封。
他從信封中拿出一張白色信紙，故意清清嗓子。
「好，我現在向妳說明規則。」
「說吧，說吧。」
幹嘛這麼一本正經？他的語氣讓我差點笑出來。
「第一條。引路人只能將罣礙對象的名字告訴被引路人……也就是妳。」
「雖然你知道她是我阿嬤。」
「廢話少說，閉嘴聽我說。」
他說話被人打斷似乎會生氣。我說：「好啦。」
「第二條，被引路人要靠自己消除罣礙。」
黑黑確認我沒有說任何話後繼續說道：
「第三條，被引路人只有在消除罣礙時，才能夠在對方面前現身。當罣礙完全消除時，對方的記憶都會刪除。」
我點頭表示瞭解，黑黑滿意地繼續說明：

「第四條，消除罣礙的時間為四十九天。第五十天就視為消除罣礙失敗，被引路人就會被困在人間。」

「如果沒有第四條就好了。」

我抱著雙臂發牢騷。

「這是規則，沒辦法。」

黑黑對我的牢騷並不感興趣。

「就只有這些規則嗎？那就趕快走吧，我也不想成為地縛靈。」

「不，我在這裡等妳。」

黑黑指著電梯前的長椅說。

「我要向上面報告，妳已經醒過來這件事。」

「啊？」

「我們引路人也是替別人工作，如果不及時報告，到時候會被扣獎金。」

「原來你是上班族。」

聽他這麼說，我並不太意外。他一身黑色西裝搞不好也是制服。

「雖說是獎金，但並不是人類界的金錢，引路人有不同的等級。」

雖然他挺著胸膛，很得意地說，但我興趣缺缺，只是隨口敷衍地應了一聲：

「喔，這樣啊。」

「總之，妳就去吧。螢，當妳做對的時候，身體就會發亮，只有對方能夠看到妳，盡可能和對方單獨相處。對方一定會嚇一大跳，周圍的人可能會擔心。」

「那倒是，如果看到有人對著空氣說話，正常人都會嚇壞。」

「甚至曾經有人被帶去看精神科。」

黑黑懷念地笑了笑。

「黑黑，你當引路人幾年了？」

我突然想到這個問題，於是就問他。

雖然他看起來很年輕，但這並不是他真正的樣子，搞不好他很資深。

「嗯。」黑黑抱著雙臂，皺起眉頭。「並沒有太久，還有很多人比我更資深。」

「原來是這樣。」

「嗯，才兩百年左右而已。」

「呃！」

我差一點跌倒。

「超久的。」

「不要用人類的標準來衡量，我還是翩翩美少年。」

我懶得理他。他剛才說我時間所剩不多，我該去病房了。

「啊，喂！我忘了交代妳一件事。」

「還有？」

我按著電梯按鈕時回答。

「當妳的身體不再發光時……就代表罣礙已經消除了，對方也無法再看到妳，到時候妳就可以回來找我。」

「知道了。」

我向他豎起大拇指，走進已打開的電梯。

在電梯上升的漂浮感中，我重新面對自己死了的事實。這並不是新聞中播報的、和我無關的事，原來人可以這樣輕易死去。雖然後方的鏡子映照出我的身影，但只有我看得到自己。

來到三樓，我重重地嘆了一口氣。

這種感覺很奇怪，我竟然要自己消除在臨終的瞬間，浮現在腦海中的罣礙，而且等我消除所有的罣礙後，我就「徹底死了」。

我把雙肘放在護理站櫃檯上。

「啊，有川小姐。」

正在護理站內寫東西的，是負責阿嬤病房的護理師。

「妳好。」

我滿面笑容地打招呼，但有川當然聽不到我的聲音，仍然皺著眉頭，不知道在寫什麼。

「喂，喂。」

雖然我叫著她，但內心很空虛。
「夠了，我必須接受現實。」
我用鼻子嘆著氣，將視線從護理站移向走廊。
阿嬤住在走廊盡頭的病房。
我再次看向護理站。
咦……剛才好像有什麼進入我的視野，我再次緩緩看向走廊。
護理師正在推點滴架，一個看起來像是病人，身穿睡衣的男人走在護理師後方，一個老婦人坐在角落的長椅上看著我。
……看著我？
身穿睡衣的老婦人看起來七十歲左右，我覺得她看著我的眼睛。但她不可能看到我吧？
我輕輕揮揮右手，沒想到她竟然也對我揮手。
「妳可以看到我嗎？」
我忍不住問，她瞪大眼睛，對我連續點了好幾次頭。

「不可能……為什麼……」

沒想到老婦人俐落地起身，小跑著經過我身旁，按了電梯的按鈕，難以想像她是一位老人。電梯門很快就打開了。

「趕快搭電梯。」

她壓低聲音，輕輕向我招手。

「我嗎？」

「除了妳還有誰？趁別人還沒有發現，趕快離開這裡。」

聽到她這麼說，我慌忙跟著她走進電梯。

電梯門關上之後，我注視著她問：

「婆婆，妳可以看到我，對嗎？」

我太高興了，難掩內心的激動問。她目不轉睛地看著我，輕輕開口說：

「看得到啊，妳是幽靈，對嗎？」

3

屋頂沒有人。

晴朗的陽光下，許多床單隨風飄動，就像海上有許多帆船。

老婦人走向欄杆的方向，我緊跟在她身後，她走路比我想像中更快。

「這裡應該就沒問題了。」

老婦人轉過身，背對著欄杆。

「請問妳為什麼能夠看到我？」

「嗯，妳先別著急。」

她從口袋裡拿出香菸點火，陶醉地吐了一口白煙。

「啊，總算活過來了。啊，不好意思，不該在妳面前說這句話。」

「沒關係……」

「話說回來，沒想到竟然會在這家醫院看到妳這麼年輕的幽靈。妳叫什麼名字？」

「我叫森野螢。」

老婦人笑了，似乎覺得很好笑。

「森野螢嗎？妳的名字真有趣。我叫竹本年。」

她瞇起眼睛說。

「請問……」

「喔喔，妳問我『為什麼可以看到妳？』我從以前開始，從很久很久以前開始，就可以看到各種幽靈，最近老了，看不太到了，妳是我這幾年來第一次看到的幽靈。」

可能她屬於偶爾會在電視上介紹的那種有陰陽眼的人。

我很驚訝，在現實生活中，真的有這種人，有點慶幸自己變成了幽靈。

「我因為無法成佛，所以來這裡消除罣礙。」

我走向欄杆，站在她身旁，看著前方的風景說。

「消除罣礙……嗎？我以前曾經和一些幽靈聊過天，他們也曾經提過這件事，他們遲遲找不到唯一的罣礙，傷透腦筋。」

「啊？我有三個罣礙。」

「喔？」竹本皺起眉頭，反問我：「妳的引路人說妳有三個罣礙嗎？」

「對，而且說第一個就在這裡。」

「妳等一下。」

竹本向前伸出右手。

「那個引路人有說對方的名字嗎？」

「有。」

「太奇怪了……」

她用力吐了一大口菸說：「以前好像都規定只有一個罣礙，現在增加到三個，而且還會告訴妳名字。看來現在的人類越來越貪心了。」

「喔……」

妳自己不也是人類嗎？而且即使對我說這些，我也搞不懂。

我只能隨口附和。

「沒想到我在死之前，竟然還可以再看到幽靈，活得久，就有好事發生。」

竹本哈哈大笑起來，臉上的皺紋看起來更深了。

「婆婆……竹本婆婆，請問妳住在這家醫院嗎？」

「對，已經住了五年。」

「這麼久……」

五年的時間真的很久。

我打量竹本，發現她的氣色的確很差。

她不只是瘦而已，用『骨瘦如柴』來形容更貼切。

「妳該不會認識我阿嬤？她叫福嶋多喜，就住在走廊最後面的病房。」

我用開朗的語氣問，試圖改變話題。

沒想到竹本瞪大眼睛看著我，顯得很驚訝。

「怎麼回事……這、到底……」

竹本移開視線，然後自言自語。

「什麼？怎麼了？」

我繞到她面前問。

竹本仍然嘀咕片刻，最後終於放棄了，看著我說：

「妳說妳叫森野螢，對不對……妳聽好了，妳的阿嬤福嶋多喜……已經死了。」

我聽到了這句話，卻無法理解。

阿嬤死了？

「嗯？妳在說什麼？」

「福嶋多喜已經死了一個月。」

「怎麼可能？怎麼可能有這種事？」

我喃喃說道，話音未落，竹本就繼續說下去。

「絕對不會錯，雖然我們不住在同一個病房，但她真的死了。」

我感到茫然，表情應該很可怕，竹本擔心地問我：

「妳的引路人沒有告訴妳嗎？太可疑了，我覺得其中有詐，那個引路人真的可以相信嗎？」

我想起黑黑的臉。

雖然我們才剛認識，但我的確從來沒有懷疑過他。仔細思考之後，也搞不清楚自己為什麼會覺得他是好人？

既然阿嬤已經死了，他為什麼還要我來這裡消除罣礙？

黑黑想騙我嗎？

我覺得雙腿發軟，當場癱坐在地上。

「妳是不是被捲入了什麼不好的事？」

頭頂上傳來竹本說話的聲音，我無法回答。

我茫然地注視著欄杆外的街道。蟬兒的大合唱似乎比剛才更加遙遠。

「這太奇怪了，妳的引路人不是告訴妳對方的名字，還說了謊嗎？他是不是冒牌貨？」

「……冒牌貨？」

「對，很可能是地縛靈偽裝成引路人，想要把妳吃掉。對了，我覺得妳看起來好像慢慢變成地縛靈了。」

竹本的聲音在我耳邊呢喃。

不知道為什麼，我覺得腦袋昏昏沉沉，無法冷靜思考。

「我完全搞不清楚到底是什麼狀況……」

竹本的手放在我肩上。

「……妳現在的心情怎麼樣？」

竹本是人類，她的手為什麼可以摸到我的肩膀，而不會穿越我的身體？

我的腦袋一片空白，連這個問題也無法思考。

……都無所謂了。

「我覺得所有的事都無所謂了。」

「是嗎？是嗎？很痛苦嗎？」

……我很痛苦。

「對……」

我覺得嘴巴自動在說話。

「妳是不是無法相信任何人？」

……我無法相信。

「對……」

我覺得視野突然一片黑暗，我抬頭看著竹本。竹本帶著笑容的臉漸漸扭曲，漸漸變形。

——咩哩咩哩咩哩。

她的嘴裡發出沉悶的聲音，緩緩張大嘴巴。

「妳是不是想要忘記一切？」

長舌頭從她嘴巴垂下來，雙眼通紅，身體漸漸膨脹，變成了泥土的顏色。

……妖怪。竹本變成妖怪出現在我面前，好像隨時都會撲過來。

我的視線好像被固定般離不開她。

「對……」

我好像中了魔法，只會說這個字。

「妳看起來很美味可口，我要把妳吃了。我最喜歡陷入絕望的人。」

竹本的聲音已經不再是前一刻老婦人的聲音了。
她發出好像地鳴般重低音的嘴巴，散發出強烈的臭味。
她放在我肩上的手用力，我覺得自己身體中有什麼東西從她的手中流走。
「我會讓妳一了百了，妳很快就會消失不見，再忍耐一下就好。」
我閉上眼睛，可以感受到身體漸漸無力。
妖怪的呼吸變得急促。……啊啊，這個妖怪在吸我的精氣。
但是，這樣或許也好，反正我快要離開這個世界了。
阿嬤的臉浮現在眼前。真希望最後可以見阿嬤一面……
阿嬤的臉越來越淡，我感覺到自己快要消失了。
就在這時——
我聽到身後傳來動靜，隨即聽到咆哮聲。
我睜開眼睛，妖怪離開我的視野，我看到天空，下一剎那，我倒在地上，同時感到了疼痛。
「怎麼了……」

疼痛讓我猛然清醒過來。

我試著坐起來，但渾身無力。

「螢，不要過來！」

……啊，這是黑黑的聲音。

我勉強抬起頭，看向聲音傳來的方向，發現黑黑擋在竹本和我之間大叫著。

周圍好像暴風雨般狂風肆虐，床單發出啪答啪答拍打的聲音。

「啊……」

黑黑的身後有一個巨大的黑影。

那個物體前一刻還是竹本，她膨脹的身體變成異形。

「混蛋，你竟然敢破壞我的好事！」

異形面目猙獰地發出地鳴般的聲音大叫。

黑黑舉起雙手，發出簡短的聲音後，手上出現藍色光球。他把球丟向竹本。

一陣風吹起，刺眼的光包圍了竹本。
我無法睜開眼睛。
竹本，不，是妖怪，黑煙好像爆炸般從妖怪的嘴裡噴出來，黑黑倒在地上。
「黑黑！」
我叫喊的聲音被爆炸聲打斷。
「螢，不要過來，趕快離開！」
黑黑敏捷地起身，對我下達指令。
妖怪看著我，她的眼神讓我的身體凍結。
她的眼神太可怕了，竟然有這麼強烈的憎恨。
「我不會放手，我要吃了這個女人，我不會放手！」
她的身體轉向我，準備向我噴吐黑煙。
雖然我知道必須逃走，但身體顫抖不已，根本無法動彈。
黑黑擋在我和妖怪之間，他的手掌再度發出藍光，然後直直丟向妖怪。

「住手！混蛋！」

藍光包圍妖怪的身體，發出了更強烈的光。

「嗚啊啊啊啊啊！」

妖怪發出垂死的叫聲，發著光的身體繼續膨脹，產生爆炸的氣浪，我的身體被彈了出去，然後滑倒在地上。

眼前一片漆黑。

第二章

一觸即逝

1

「真受不了妳，竟然這麼輕易就跟別人走。」

「對不起……」

「妳根本沒有搞清楚自己目前的處境，妳目前唯一該做的事，就是消除罣礙，妳竟然把這件事忘得一乾二淨，然後跟著那個可疑的老人走。」

「對不起……」

類似的對話已經持續了三天。

這裡是位在醫院附近的樣品屋，那天之後，我一直睡在樣品屋二樓的臥室。因為我需要時間恢復被竹本吸走的精氣。

最初幾天，完全無法動彈，今天的身體狀況好多了。

「黑黑，我問你，竹本婆婆是妖怪嗎？」

我試圖坐起來，但身體不聽使喚，於是我就放棄了。

「所以說妳是白痴啊，妖怪根本是人類想像出來的，她就是人類所說的地縛靈。消除罣礙失敗的人，最後就會變成像她那樣。」

黑黑抱著雙臂，低頭看著我。

「地縛靈靠吸幽靈身上的精氣活下來嗎？」

「嗯，差不多就是這樣。雖然我不知道她對妳說了什麼，但通常都是先打擊對方的精神，當對方無法動彈時，就吸走精氣。照理說，一眼就可以看出來地縛靈。」

黑黑從鼻孔噴氣，氣鼓鼓地說。

「我覺得她看起來像和藹可親的老婆婆……」

黑黑重重地坐在旁邊的椅子上，把頭轉到一旁說：

「……都怪我沒有陪著妳，既然發生了，那就算了，妳不必放在心上。」

「他說我阿嬤已經死了，應該是騙我吧？」

「當然啊，妳不要相信那傢伙說的鬼話。」

「竹本婆婆已經不在這個世界上了嗎？」

「還叫她『婆婆』，真是太噁心了。我當場消滅了她，她不會再出現了。」

「這樣啊……我好像害到了她。如果我不理她，她就不會被你消滅了。」

既然是因為和我扯上關係才遭到消滅，我內心產生痛苦的罪惡感。

黑黑不發一語看著我。

「螢。」他再度開口時，用和前一刻完全不同的平靜語氣說話。「妳為什麼這麼在意其他人？那個地縛靈試圖吸走妳的精氣，如果我沒有及時出現，妳就會消失，但妳為什麼還說那種話？這是妳的溫柔體貼嗎？」

我看著黑黑說：

「不知道，我怎麼會知道？我只是覺得竹本婆婆看起來很親切。」

……黑黑是不是又要罵我？

我當然瞭解黑黑想要表達的意思，但竹本的事讓我耿耿於懷也是事實。

「這樣啊。」

黑黑嘀咕，他的聲音中已經沒有前一刻的怒氣。

「黑黑，我們什麼時候可以再去醫院？」

「嗯。」黑黑沉思，「按照妳目前的情況，至少要休息三天。如果妳的狀態不安定，遭到壞蛋攻擊時就沒辦法逃走。」

「這樣啊……對不起，明明時間已經很緊迫了。」

「我無所謂啊，如果無法在期限內完成，是妳會有問題。趕快睡覺吧。」

黑黑說完，走出臥室。

變成幽靈後，不會覺得肚子餓，也不會口渴，但仍然會想睡覺。每次睡醒，就覺得體力稍微恢復了些。

「我討厭我自己……」

我嘀咕著，閉上了眼睛。

——嗶、嗶、嗶、嗶。

高亢的聲音有規律地響起。我曾經聽過這個聲音……是鬧鐘嗎？

我睡得迷迷糊糊，用被子蒙住了頭。

——嗶、嗶、嗶、嗶。

那似乎是電子音，簡直就像在耳邊響起。

我緩緩睜開眼睛，從被子裡探出頭打量周圍。

「咦……」

那個聲音消失了。

我剛才明明聽到聲音。我正感到納悶，門打開了。

「喔，妳終於醒了嗎？」

仍然穿著一身黑色西裝的黑黑笑著說。

「黑黑，早安。我好像……做了夢。」

「我沒興趣知道。」

黑黑仍然帶著笑容，在床邊坐下。

「我就知道。」

「妳可以起床了嗎？」

我緩緩起身，坐在床上。

「嗯，已經不會覺得輕飄飄了，應該沒問題。」
昨天之前的那種身體沉重的感覺和倦怠已經完全消失了。
「真的嗎？」
「嗯。」
我起身，表示我身體沒問題。
「妳已經有辦法站起來，太了不起了，那我們等一下就出發。」
我用力點頭。
「啊，黑黑，你剛才有沒有聽到鬧鐘的聲音？」
我突然想起這件事問他。
「啊？」黑黑皺起眉頭，然後搖搖頭說：「沒有啊。」
「是嗎？我明明有聽到。」
說完，我走去洗手間。
這裡只是樣品屋，打開水龍頭不會有水。
我對著鏡子整理頭髮。

「浪費了很多時間，必須抓緊時間。」
「只剩下十二天了，妳睡了一個星期。」
黑黑看著鏡子說。他說話的語氣並不像在責備，我稍微鬆了一口氣。
「是喔……嗯，那就好好努力。」
時間似乎真的不多了，我做事要更加謹慎。
我激勵鏡子中的自己。
我睡了這麼久，水手服竟然完全沒有皺，而且我明明在醫院的屋頂上跌倒了，衣服也完全沒有髒。
「走吧。」
黑黑說完，消失在鏡子中。我又看著鏡子中的自己。
「沒問題，一定可以做到。」
雖然我對自己信心喊話，但內心的不安更加強烈。
隔了一個星期出門，屋外已是盛夏。

雖然還是早晨，但烈日當頭，似乎在預告今天將是一個大熱天。

也許是因為我心情平靜，所以並沒有像上次一樣覺得冷，太陽也公平地讓我這個幽靈感受夏天。

走進醫院後，毫不猶豫地搭上電梯。

「會緊張嗎？」

「不，倒是不會緊張，只是很期待可以見到阿嬤。」

「妳這個人……」

即使只聽說話聲，也知道黑黑在苦笑，我也露出了微笑。

「只要身體發光就行了嗎？」

「沒錯，當妳身體發光時，對方就可以看到妳的身體。一旦妳身上的光消失，對方就看不到妳，同時代表妳消除了罣礙。」

「我瞭解了。」

我回答後，電梯門打開，我來到走廊上。

我不禁尋找竹本的身影，但當然找不到她。

「快去吧。」

我在黑黑的催促下，來到走廊盡頭的病房，悄悄向病房內張望。

「咦？」

阿嬤住的病房內躺了一個陌生人。

「她就是福嶋多喜嗎？」

「不，她不是。」

我想確認病房門口的名牌，但我想起這家醫院為了保護病人隱私，並沒有放名牌。

「她不在病房內嗎？」

「太奇怪了……可能換了病房。」

「喂、喂！」黑黑仰頭嘆著氣，「這下子要怎麼找人？」

「別擔心，只要去護理站，應該就可以看到病房一覽表。」

我克制著急切的心情走回護理站。

「打擾了。」

我打招呼後，走進護理站。

「他們聽不到。」

「我知道，但這是禮貌。」

我立刻看到要找的病房一覽表，在呼叫鈴接收器旁，寫了所有病人的名字。

我從上到下檢查每一個名字。黑黑好奇地東張西望。

我仔細檢查了兩次，回頭看著黑黑說：

「沒有……」

「啊！？怎麼可能？」

「不然你自己看！上面沒有阿嬤的名字……沒有啊。」

我的聲音忍不住顫抖。

但是無論看多少次，都找不到阿嬤的名字。

阿嬤真的像竹本說的那樣，已經死了嗎？這個疑問浮現在腦海。

「呃！妳別哭了，別哭了。我馬上幫妳找。」

黑黑慌忙在那排名字中尋找，但很快就看完了，臉色鐵青地看著我說：

「沒有……」

「嗚嗚……阿嬤死了……阿嬤……」

「不要又哭又叫啦！」

「所以你是說我阿嬤死了？」

「笨蛋！我的意思是叫妳別哭了。啊啊，她可能出院了。」

「喔，對喔！」

原來還有這種可能！！我立刻收起眼淚。

「對啊，我最後一次看到阿嬤時，她的身體慢慢好起來了，一定在這一個月期間出院了。走吧，走吧。」

我邁開輕快的步伐，黑黑在我身後用力嘆氣。

走出醫院，走去阿嬤家。

阿嬤家就在離醫院五分鐘的地方，她獨自住在老舊的獨棟房子裡。

「黑黑，你為什麼以為阿嬤在醫院？」

「什麼？我可沒說是醫院，是妳聽到福嶋多喜的名字，就不由分說地走去醫院。」

「但你不是知道是哪個公車站嗎？」

黑黑像往常一樣，無奈地抱著雙臂。

「妳這個人都沒有認真聽別人說話，我一開始就向妳說明，我只知道對方的名字和大致的地點。」

「是嗎？」

雖然我不記得聽他說過這句話，但現在聽他這麼說，又好像有印象。我們沿著和緩的坡道往上走，看到右側有一棟小房子。

這棟傳統的日式平房在有很多新房子的這一帶格外顯眼。

和以前相比，這一帶發生了很大的改變。

「好久沒來這裡了。」

我打開院子門走進去，按了對講機。

「喂，即使妳按了，妳阿嬤也聽不到，只有我們的世界會聽到鈴聲。」
「我不是說了嗎？這是禮貌。」
我發著牢騷，想要打開玄關的門，但門鎖著，我打不開。
「穿越進去不就解決了嗎？」
「等一下，這太沒禮⋯⋯」
我的話音未落，黑黑已經消失在門內。
和之前搭公車時一樣，我試著穿越那道門，但還是無法成功。
黑黑為我打開門鎖，我才終於進了屋。
阿嬤的鞋子整齊地放在玄關。我聞到了這棟房子特有的味道，那是我從小熟悉的味道，頓時心情愉快。
「阿嬤？」
我叫著阿嬤走進去，看到一個矮小的背影坐在陽台上。
「妳阿嬤果然出院了。」
黑黑鬆了一口氣。

「嗯，太好了……」

我緩緩靠近，從側面看著阿嬤的臉。她雖然瘦了些，但精神很好。她喝著茶，眺望著院子。

我在阿嬤的左側坐下，陽光舒服地照在臉上。

「今天天氣真好，阿嬤，恭喜妳出院了。」

「她聽不到。」

黑黑在我身後說，我決定不理他。

「阿嬤，我是螢，我就在這裡。」

我順著阿嬤的視線望去，看到有點凌亂的院子。雜草在各個角落展現旺盛的生命力。

「院子裡長了很多雜草，早知道我之前應該幫忙清理。」

我內心充滿後悔，聲音也忍不住發抖。

我就在阿嬤身邊，卻無法和阿嬤交談。

一直以來，阿嬤比任何人更疼愛我，但我長大之後，就很少再來找阿嬤玩，只有阿嬤住院時，才去醫院探視。我覺得自己太無情了。阿嬤一直都在這裡，永遠都在這裡等我。

「阿嬤，我多希望可以再一次和妳聊天……」

就在這時——

我發現自己的身體發亮，簡直就像被金色的光芒包圍。金色的光芒就像火焰般緩緩搖動。

「怎麼回事！？」

我看著雙手叫了起來。

「啊呀，是小螢。」

阿嬤驚訝地叫道。

「咦？」

時間好像停止了。我很擔心自己一動，阿嬤就會消失。仔細一看，阿嬤的身上發出了金色的光。

「小螢，妳真的是小螢嗎？」

「阿嬤……」

「啊啊，小螢，妳終於回來了。」

「阿嬤！」

我再也忍不住了。

我緊緊抱著阿嬤，放聲大哭起來。

阿嬤不發一語，撫摸著我的頭。

我小時候很愛哭，阿嬤總是溫柔地撫摸我的頭。現在也一樣。

當我身體發光時，阿嬤應該可以摸到我，我能夠感受到阿嬤溫暖的體溫。阿嬤什麼都沒說，她可能看不到金色的光。

幾分鐘後，我的心情終於平靜下來，然後把至今為止發生的事告訴了阿嬤。

阿嬤默默地聽我說話。

「是嗎？所以妳真的死了。」

阿嬤用手帕按著眼角，小聲嘟噥著。

「嗯……好像是這樣。」

「但是妳臨死前還放不下阿嬤，阿嬤很高興。」

「一定是在臨死的瞬間，我很想和妳說話。」

我的身體仍持續發出金色光芒。

真希望金色的光永遠不會消失，我就可以永遠停留在這裡。

「對了，小螢，我有東西要給妳。」

阿嬤突然想起什麼，她起身，從屋裡的衣櫃裡拿了什麼東西走出來。

「就是這個。」

阿嬤遞給我用紫色手帕包起的東西。

我接了過來，打開手帕。

「啊，這是……」

手帕包著的是阿嬤經常使用的小鏡子。

直徑十公分左右的圓鏡子上有好幾個漂亮花朵形狀的裝飾。

「妳以前不是經常說想要這個嗎？」

沒錯，小時候我很想要阿嬤的這面小鏡子，經常央求阿嬤送給我。

阿嬤每次都為難地說：『這是祖先傳下來的傳家寶。』

「我不能收下，這不是傳家寶嗎？阿嬤，妳留著自己用。」

我用手帕重新包好，想要還給外婆，阿嬤搖搖頭，不願意收下。

「阿嬤得知妳死了的消息時就在想：『唉唉，早知道應該把那面鏡子送給小螢。』小螢，妳從小時候就很想要這面鏡子，我原本打算放進妳的棺材……但葬儀社的人說不行。」

「阿嬤，妳的心意我會收下，但我已經死了，沒辦法帶走。」

阿嬤這麼愛我，這樣就足夠了。

雖然以前很想要這面鏡子，但是我現在終於瞭解到，心意比物品更重要。

但阿嬤仍然不願意收下，只是面帶微笑看著我。

我回頭看著黑黑。黑黑點頭對我說：

「妳就收下吧，反正這會留在現實的世界。」
「嗯，那好……我就收下。」
我把鏡子抱在胸前，向阿嬤鞠躬。這是我第一次收到帶著如此深厚感情的禮物。
「太好了，阿嬤很高興。」
阿嬤說完，忍不住哭了起來。
我靜靜地把手放在阿嬤顫抖的肩膀上。
「阿嬤，謝謝妳，我會好好珍惜。」
我忍著眼淚露出笑容，阿嬤對我點了好幾次頭，然後突然很驚訝，瞪大眼睛。
「小螢……」
「咦？」
阿嬤的視線看著我的身體，我發現自己身上發出的光變弱了。
黑黑來到我身旁說：

「妳們不是已經聊了很久嗎？第一個罣礙快消除了。」

「不行！我還想和阿嬤聊天。」

如果就這樣結束，未免太令人傷心了。

阿嬤看不到黑黑，仍是一臉驚訝。

阿嬤身上的光也越來越淡。

「阿嬤，我、我……」

「小螢……妳要消失了嗎？」

我身上的光越來越暗，越來越淡，阿嬤看到的我應該也越來越淡。

「阿嬤，妳聽我說，我沒事，希望妳永遠健康，長命百歲。」

「啊啊，小螢……」

阿嬤握住我的雙手，用力、很用力地握住我的手。

早知道以前活著的時候，應該更常來看阿嬤。那時候以為反正隨時都可以見面，真是太天真了。

「阿嬤，我要走了……阿嬤，對不起，請妳也轉告爸爸和媽媽，我、我……」

「啊啊……消失了。」

阿嬤在嘟噥的同時，她的手垂落在地上。

阿嬤左顧右盼，尋找我的身影，她悲傷地呼喚著我的名字。

雖然我就坐在阿嬤身旁，但她再也看不到我了。

我注視著阿嬤剛才握住我的手，悲傷的眼淚在眼眶中打轉，然後滴落下來。

「阿嬤，阿嬤！」

「……小螢？我看不到妳，聽不到妳的聲音。」

阿嬤四處張望，悲傷地說。

「在這裡，我在這裡……」

為什麼這麼悲傷？為什麼消除了罣礙，卻比之前更心碎？

「這就是消除罣礙嗎？根本只是令人難過而已！」

我知道責怪黑黑也無濟於事，但我仍然無法不這麼叫喊。

我伸出手，想要再次伸手摸阿嬤，黑黑制止我。
「妳站起來。」
他抓著我的手臂，硬是把我拉起來。
「不要！我不想消除罣礙！」
我想甩開他的手，但黑黑沒有鬆手，拉著我走去玄關。
我看到阿嬤仍然東張西望在找我。
「阿嬤，阿嬤！」
「妳別鬧了！」
臉頰突然一陣疼痛。
「！」
我過了一會兒，才意識到他打了我。
「妳必須消除罣礙，不要為無聊的事煩惱。如果妳想哭，等到消除所有的罣礙之後再哭。如果妳想悲傷，等所有的一切都結束之後再悲傷！」
我茫然地站在那裡，他可能以為我在反省。

「瞭解了嗎？」
黑黑問我。
「好痛……」
「什麼？」
「我說很痛！」
我說完這句話，用力捶了黑黑一拳。黑黑發出一聲沉悶的慘叫，當場倒在地上。
「很痛欸……」
看到黑黑這樣嘟噥，我對他說：「我們扯平了。」然後走出門外。
我不僅臉頰疼痛，我的心更痛。

2

消除罣礙似乎很耗費體力。

我費了很大的力氣才終於回到樣品屋，一回到樣品屋，倒頭就睡了。

隔天早晨，仍然昏昏沉沉，中午過後，才終於起床。

「黑黑？」

黑黑不見蹤影。他又去向上司報告了嗎？

我想起昨天和阿嬤的對話。

為了消除罣礙，對方可以看到我，也就是可以再次相見，但隨之而來的就是永別……

當罣礙完全消除後，我就會從對方的記憶中消失，但仍然會留在我的記憶中。

這是幸福嗎？

也許不知道自己有什麼罣礙就離開人世的人，就不需要承受這種鬱鬱寡歡的心情。

「昨天有點對不起黑黑。」

我用力捶了他一拳，之後都沒有和他說話。

……我知道，我根本是遷怒於他。

「黑黑，你不在嗎？」

我搖搖晃晃走去走廊和廚房找他，但仍然沒有看到他的身影。

我看向玄關。

我不想帶著這種心情繼續消除罣礙，雖然我知道自己所剩下的時間不多了，但我現在害怕見到產生罣礙的對象。

我在廚房的小白板上留言。

『黑黑，我出去散步一下。』

然後，我就走出去。

今天也是晴朗的好天氣，這令我有些悲傷。

我情不自禁走向公車站。正在放暑假的小孩活力充沛地在人行道上奔跑。我已經習慣別人看不到我這件事了。

我搭上剛好駛進公車站的公車。

公車內冷氣很強，我覺得很冷。我的精神狀態不太好，吐出的氣也都是白色。

經過兩個車站後，看到了熟悉的風景。那是我就讀的高中附近。

很快就可以隔著學校的圍牆看到田徑社在操場上練習。我每天早上搭公車去學校上課時幾乎都快遲到了，但每天都在公車上可以看到操場的那一側，隔著車窗，尋找蓮的身影。

蓮晨訓結束後，總是在飲水處附近。

他每次看起來有點疲累，但同時很滿足。偶爾看到我時，會輕輕舉起一隻手向我打招呼……

我回想起這些事，很自然地笑了。

公車緩緩轉過彎道，經過操場，在公車站靜靜打開車門。

我沒有在黑黑面前提蓮的事，但是我猜想他應該也是我要消除罣礙的對象之一。

自從中學同班之後，我們一直是好朋友。不，也許是我一直假裝只是他的好朋友。

雖然我不記得第一次見到他時聊了什麼，但我清楚知道。

我從見到他的第一天，就喜歡他了。

——嗶。

清脆的哨子聲傳入耳朵。我正坐在大樹下，那是我喜愛的固定座位。

我闔上手上的書，抬頭仰望天空，春天溫暖的陽光下，藍天出現在樹葉的縫隙中。

凋落的櫻花隨風飄舞，在操場角落飄動。

即使已經不是盛開時的粉紅色，被泥土和雨水弄髒的花瓣也很美。

『嗨，妳又在看書？』

聽到聲音回頭一看，身穿制服的蓮走過來。
『對啊，你不要整天只會運動，偶爾看看書嘛。』
『我向來把書當成安眠藥。』
『明天也要考試，你不用複習嗎？』
今天是考試的第一天，只上半天課。
『課本的催眠力更強。』
蓮調皮地笑了笑，看著人影稀疏的操場。現在是考試期間，他還照常訓練，真的很像他的行事風格。
『其實我也不是在看課本，而是在看小說。』
『那還不是和我一樣。』
蓮說完，張開雙手，伸著懶腰……他好像又長高了。
我認識他已經五年多了，我的單戀也邁入第五年。
我再次低頭翻開手上的書，以免一直盯著他看。
『給妳。』

蓮突然把手伸進小說和我的臉之間，他手上拿著一罐運動飲料。

『幹嘛？』

『給妳啊，妳要繼續在這裡看書吧？』

我抬起頭，發現蓮的臉就在眼前。我心跳加速，身體情不自禁向後仰。

『不、不用了，你自己喝就好。』

我已經習慣了自己的不坦誠，因為單戀的規則就是『不要抱有任何期待』。

『沒關係，妳喝吧，這個季節很容易脫水。』

他硬是把運動飲料塞給我。

我應該對他說『謝謝』，卻脫口對他說：

『既然你不要，那我就收下了。』

『嗯。』

即使如此，蓮仍然滿足地點點頭。

我打開拉環喝了一口，運動飲料清爽的味道在嘴裡擴散。

『好喝。』
我難得坦誠說出內心的想法。
『嗯。』
蓮又回答相同的話，他笑笑，隨即從我手上搶過運動飲料喝了起來。
『啊啊啊啊啊。』
我驚訝得忍不住叫了，他咕嚕咕嚕喝了幾口說：
『妳說得沒錯，真的很好喝。』
蓮張大嘴巴。
『喂，還給我啦！』
我把運動飲料搶回來，發現只剩下半罐了。
『喂！怎麼可以這樣！』
我故意在眼前搖晃著飲料罐。
『我可以一口氣喝完。』
蓮根本答非所問，還張嘴笑了。

『你這個人很莫名其妙。』
『有什麼關係嘛，我們是朋友啊。剩下的都給妳。』
他伸手亂揉我的頭髮。
『不要再摸我頭髮了。』
雖然我嘴上這麼說，但還是忍不住發出笑聲。我幸福得快流淚了，但也感到悲傷。
『那我要走了，明天見。』
蓮說完這句話，舉起一隻手向我揮揮，跑去操場。
我看著他的背影，知道自己的肩膀隨著呼吸起伏……我並不是因為和他喝了同一罐飲料而難過。
『我們是朋友。』
這是世界上最令我安心，卻也最殘酷的話。
這句話對我造成打擊……
我闔起書，看著操場。

蓮把書包丟在長椅上，已經開始做伸展運動。也許正值考試期間，操場上沒有幾個學生在練習。

中學二年級時，蓮在短距離賽跑的全國比賽中獲得亞軍，現在比以前更努力練習。

我有時候會假裝看書，在這裡看他在操場上練習。

雖然我有時候調侃他是『田徑狂』，但其實我很喜歡看他跑步的樣子。

他全力挑戰一百公尺賽跑的樣子，無論看多少次，都會帶給我勇氣。

『我們是朋友。』

……這樣就足夠了。我這麼告訴自己。

因為友情比愛情更深、更長久。

但是，每次看到蓮的笑容，這種想法就會產生動搖。每次他和我打鬧碰到我時，我的決心就會動搖。

這五年期間，與日俱增的感情帶給我幸福。

但我也同時瞭解到無法開花結果的戀愛有多麼悲傷。

3

哨子聲把我拉回了現實。

我在回憶往事的同時，不知不覺走向操場。

「我想見蓮……」

我發自內心這麼想。

這是我生前持續不斷的心願，在眼前的狀況下，這種想法更加強烈。

但是，現在的我還沒有勇氣。

即使我的身體能夠在蓮的面前發光，我仍無法對他說出內心的想法。

我甚至無法把這份感情告訴閨密栞，也不想告訴黑黑。

「我好想見到他。」

我再次喃喃自語。

回想起蓮，我重新認識了自己目前的處境。

我無法再和蓮相視而笑，他不會再把我的頭髮摸亂，更不可能碰觸到我了。

……我為什麼死了？

他以前就在我身邊，明知道他對我這麼重要，但我總是在逞強。

淚水順著臉頰滑落。

我明明已經告訴自己不要再哭了，但消除罣礙的每一天，我整天都在哭。

看到操場的跑道時，我躲在大樹後方，看著操場。

「啊啊……」

我看到蓮。不知道他是否跑完了，正伸直雙腿坐在跑道中央，從他起伏的肩膀，可以知道他呼吸急促。

好久沒有看到他了，卻因淚水看不太清楚他的臉。

烈日下，蓮獨自在操場上的身影簡直美極了。

蓮的呼吸漸漸平靜後起身，輕輕伸展身體，又慢慢開始跑。

……蓮，我在這裡。

但我還是沒有勇氣出現在他面前。

如果我的罣礙之一，就是向他告白，我應該永遠都無法完成。當『朋友』的時間太長，我沒有勇氣破壞這種關係。

更何況死了之後再告白太晚了。無論他如何回答，我都只會悲傷。

蓮突然停下腳步。

他微微歪著頭，視線看向我的方向。

「不可能……啦。」

但蓮仍然站在那裡，一動不動地注視片刻。我忍不住看自己的雙手，我的身體並沒有發光。

……他不可能看到我。

差不多過了十秒，蓮再度看向跑道前方開跑。

我暗自鬆口氣。

沒有我的日子，他仍然過著每一天。想到這件事，就覺得內心無法平靜。

我回到校門口，發現黑黑站在門口……我猜到他會在這裡。

「妳見到大高蓮嗎？」

聽到黑黑突然叫他的全名，我忍不住痛苦。他果然是我罣礙的對象嗎？

「我只是遠遠地看他而已。」

我說完這句話，經過黑黑身旁走過去。我不想聽他說三道四。

「這樣啊。」

黑黑並沒有再說什麼，和我保持一小段距離，跟在我身後。

回到公車站後，我坐在長椅上。

「要消除對大高蓮的罣礙很困難嗎？」

黑黑在我身旁坐下，看著前方問。

「嗯，我應該無法做到。」

「這樣啊。」黑黑可能早就察覺到了，只是輕聲嘀咕。

「黑黑，我問你，罣礙不是人在臨死瞬間想到的後悔嗎？正因為無法做到，才會成為『罣礙』。再提供一次機會，然後要求我們做出不會讓自己後悔的行動，這樣做真的對嗎？」

即使我在臨終前浮現了『我想要向蓮告白』的想法，我也不認為這是我真正的心願。

萬一遭到拒絕，他為難的神情就會成為我最後的記憶。

「不好意思，我不知道答案。」

黑黑並沒有用平時冷冷的態度說話，語氣中帶著落寞。

「原來是這樣。」

無論如何，我想起自己的人生已經畫上句點，不由得難過起來。

蟬聲時遠時近傳來，聲聲叫著、聲聲哭訴著——我想他，我想他。

「要不要先消除另一個罣礙？」

過了一會兒，黑黑問我，然後起身。

「但是……」

我現在沒有這種心情。

黑黑可能發現了我的滿面愁容。

「螢，我不瞭解妳的內心，因為我們的感情不像人類那麼複雜，但身為引路人，我想對妳說，最好還是消除罣礙。即使妳不想這麼做，但如果覺得對方是重要的人，就必須完成。一旦妳成為地縛靈，對方就會不幸，因此妳要為了對方完成這件事。」

我在內心重複黑黑的話。起初的樂觀心情已經不知去向，現在覺得消除罣礙太痛苦了。

但是我不想造成蓮的不幸。

黑黑看到我終於起身，點點頭。

我們搭公車來到車站，然後徒步穿越鬧區。

這裡稱不上是都市，只要從車站走一小段路，就進入住宅區。

「對方名叫山本栞。」

栞……

聽到這個名字，我的心就被揪緊。

「她是妳同學嗎？」

黑黑回頭問我。

「對……她是我的閨密。」

「既然是妳的閨密，妳為什麼表情這麼奇怪？」

我走到黑黑身旁，回想起當時的情況。

「我和她在校外教學時吵架了……對，這的確是我的罣礙。」

「為什麼？」

聽到黑黑這麼問，我想了一下，但記憶混亂，我想不起來。

「我們為什麼會吵架呢？我記得是在休息站時出了什麼事。」

到底是什麼原因……我竟然完全想不起我們吵架的原因。

「反正人類的糾紛都這樣，戰爭的起源往往是為一些芝麻小事產生摩擦。既然是閨密，妳們一定很快就能重修舊好。」

黑黑一副自以為很瞭解狀況的語氣說。

「雖然我上了高中之後才認識栞，但我們一見如故。」

黑黑一臉不感興趣，我看著他的側臉，繼續說道：

「和她在一起時很開心，她很挺我，我覺得她不像是我的同學，更像是姊姊。有時候男生用一些莫名其妙的話調侃我，她都會挺身保護我。」

琹總是溫柔體貼，和她在一起總是很開心。

我想起她的笑容，嘴角上揚。就在這時——

『這樣根本不算是朋友！』

這個聲音在腦海中響起。……那是琹對我說的話。

我思考著她為什麼對我說這句話，但腦袋好像蒙上了一層霧，什麼都看不清。

不知道黑黑是否察覺我的想法，他抬頭看著天空，用輕鬆的語氣說：

「反正見面就知道了。」

蟬仍然扯著嗓子大叫。

我第一次來琹的家。那裡有四棟外觀完全相同的房子，琹的家是最角落的那一棟。

黑黑按了大門外的門鈴。

「打擾了。」

他打了一聲招呼後才走進院子。

「你進步了。」

我笑他。

「這是禮貌。」

他把頭轉到一旁說。

不知道琹在不在家？我從玄關旁的落地窗向屋內張望，聽到身後傳來撲通的聲音。

回頭一看，琹瞪大眼睛看著我，書包掉在她的腳下。

「螢……」

穿著水手服的琹雙手捂著嘴。

「咦？她為什麼可以看到我？」

我向黑黑求助，黑黑默默指著我。原來我的身體已經在不知不覺中發出了淡淡的金光。

我正開始消除罣礙。

「琹……」

「啊……我……」

琹的樣子很奇怪。

她捂著嘴的雙手顫抖不已，簡直就像看到幽靈。

……啊，她真的看到了我嗎？

「妳不要害怕，我……」

無論如何，都先要讓她平靜下來。我在說話時，向她伸出手。

「不要！」

琹大聲尖叫著，拔腿狂奔起來。

「咦咦！？」

我啞然無語地目送琹逃走的身影，黑黑推著我的肩膀說：

「喂，她逃走了，妳趕快去追啊！」

「咦咦！？」

我只能重複著相同的話。

「趕快啊！」

看到黑黑追向琹消失的方向，我終於開始跑。

「為什麼？為什麼！？」

我沒有想到消除罣礙這麼快就開始，完全沒有心理準備，而且琹還逃走了。事態的變化也未免太快了！

黑黑雖然穿著西裝，但跑得飛快，轉眼之間，我就看不到他們兩人的身影。

「既然是幽靈，那就該會飄啊。」

我對著自己的身體說，但我跑得太慢，簡直慢得令人傷心。

最後甚至變成分不清楚到底是在跑還是在走路的速度，於是我決定放棄，乾脆用走的。

「到底在搞什麼啊……」

商店街播放著像是廣告歌曲般的輕快音樂，反而讓我更加疲憊。

「黑黑？栞？」

反正周圍的人聽不到我的聲音，我出聲叫著，但沒有聽到任何反應。

「真受不了……萬一又遇到地縛靈該怎麼辦？」

我發著牢騷，穿越商店街，眼前突然出現一片田野的風景。

我走向堤壩的方向，看到前方有一座小型鳥居。

蟬鳴比剛才更大聲了。

「咦？」

在我前進的方向，出現一個穿著和服的小女孩。

距離還很遠，有點看不清楚，但她似乎目不轉睛地看著我。

「不祥的預感……」

今天並不是祈求小孩健康成長的七五三節，這個小女孩盛裝打扮，穿著和服這件事很詭異。當我看到黑煙像火焰般持續從她的身體持續冒出來，覺得自己不祥的預感成真了。

這個小女孩果然不屬於這個世界……

我想轉身離開，但兩隻腳不聽使喚，一個勁地往前走。

「喂，出事了！黑黑，黑黑！！」

我大聲叫道，但那個女孩離我越來越近。我越是想停下腳步，但兩隻腳還是不停地往前走。小女孩看起來差不多七歲左右，剪著妹妹頭，穿著紅色和服。

她死氣沉沉。

看到她怔怔地看著我的雙眼，我忍不住尖叫起來。

她兩隻眼睛的部分被挖空了，好像兩個黑洞，簡直就像可以從她的眼睛看到她的身後。

她似乎察覺我發現了這件事，嘴角露出淡淡的笑容。

「不要……不要啊。」

她身上發出的黑煙越來越大，漸漸伸向我的方向。

「喂，不、不要。妳媽媽沒有教妳嗎！？不可以做這種事！」

黑煙緩緩飄過來，想要抓住我。女孩已經走到我面前。
她顯然想要吸走我的精氣。
「黑黑！每次遇到重大狀況時，你都不知道死去哪裡了！黑黑王八蛋！」
黑煙的前端幾乎快抓住我了。就在這時——
「妳罵誰王八蛋？」
聽到這個聲音的同時，耀眼的光進入視野。
「黑黑！」
當我叫著黑黑的名字時，我整個身體都彈出去。
……又來了。
下一剎那，我跌倒在地上。光線太亮，我看不清楚，但難以想像從那個女孩嘴裡發出的低沉大叫聲震撼周圍的空氣。
「……怎麼沒有謝謝我？」
「為什麼？」

「我救了妳，妳至少該向我道謝啊。」
黑黑拍拍西裝上的塵土對我說。
「我為什麼要謝你？」
我站起來時反問他。
「這是禮貌。」
黑黑故意揚起下巴，一本正經地說。
「說到底，還不是因為你丟下我，才會發生這種事？你才應該向我道歉。」
「我為什麼要道歉？是妳要向我道歉。」
「我又為什麼要向你道歉？」
我們互瞪著對方，黑黑說：
「算了，我們走吧。」
他邁開步伐。
我默默跟在他身後。

「那個孩子……剛才那個女孩是地縛靈嗎？」

「不是一眼就看出來了嗎？」

黑黑頭也不回地回答。

「她看起來好像很悲傷……」

「大家都一樣。」

「什麼一樣？」

黑黑轉頭看著我。

「地縛靈都是悲傷的結晶，都是因為深沉的悲傷而無法離開，是悲傷的幽靈。」

「……」

「所以妳要努力，避免自己成為地縛靈。」

「好可怕。」

我情不自禁嘆著氣。

死了之後，仍然被困在這個世界好幾年……不，是好幾十年，不知道會是怎樣的心情。

雖然內心帶著悲傷，卻沒有人知曉。我似乎稍微能夠體會這種孤獨。
「就算只是為了避免這種情況發生，我們也要努力找人。」
黑黑輕描淡寫地說。
我看著走在前面的黑黑背影。
至少黑黑會協助我。雖然這只是他的工作，但他很努力避免我成為悲傷的幽靈。
「黑黑。」
「嗯？」
「……謝謝你。」
「少假惺惺，我雞皮疙瘩都掉滿地了。」
但他表情很得意。
「妳有力氣走路嗎？」
「少假惺惺，我雞皮疙瘩都掉滿地了。」
「哼。」
黑黑邁開大步，我緊跟在後。

4

我們在街上走了一個小時找人，原本以為這裡是個小地方，沒想到要找人時，才發現其實比想像中更大。

每次看到穿著相同制服的女生，就忍不住高興起來，然後發現自己認錯了人，又不禁再度沮喪。

「有很多人無法消除罣礙嗎？」

「妳為什麼要問這種事？」

黑黑冷冷地回答，毫不掩飾臉上的不耐煩，繼續大步向前走。

「我只是隨便問問而已。」

「妳不必在意這種事。」

這個人會不會聊天啊？

「你太冷漠了。」

「我才不冷漠。其實即使無法消除罣礙，也未必會成為地縛靈。」
「怎麼會這樣？你之前都沒告訴我。這是怎麼回事？」
黑黑可能發現我生氣了，故意大聲嘆氣。
「唉！真麻煩，就是這裡有很多各式各樣的幽靈。」
他指著周圍說道。雖然他說『有很多』，但我完全看不到任何幽靈。
「我不懂你的意思。到底是什麼意思？你要解釋清楚。」
我突然很不安，忍不住問。
「嗯，那妳就自己問對方。」
「啊？問地縛靈嗎？」我問。
黑黑完全沒看我一眼，繼續往前走。
我們回到剛才經過的商店街，穿越商店街內的小徑。來到前方有幾棟新房子的那條小路，黑黑終於停下腳步。
「喂，孝夫！你出來一下！」

黑黑突然大聲嚷嚷著，我大吃一驚，抓住他的手臂。

「你幹嘛叫地縛靈出來！不要亂來啦！」

「孝夫！我帶客人來找你了！」

黑黑完全不理會我的勸阻。

「黑黑，你這個混蛋！不要再叫了！」

「不要罵我混蛋！」

「那個……」

這時，身後傳來一道聲音。我慌忙回頭，看到一個四十歲左右，看起來很親切的大叔站在那裡。

「喔，孝夫，原來你在啊。好久不見了。」

看到黑黑和那個大叔聊了起來，我不禁有點困惑。這個大叔看起來像是普通人。

名叫孝夫的男人穿著整潔的深藍色西裝，雖然我很警戒地觀察，但仍然看不出他親切的笑容背後隱藏了什麼。

「引路人先生，這次怎麼這麼早就來了？」
「不是啦，我今天帶客人來。她叫森野螢。」
我不知所措，但還是急忙鞠躬。
……他是地縛靈？
無論怎麼看，他看起來都不像是幽靈。該不會是有陰陽眼的人？
黑黑指著我說：
「她一直問我地縛靈和其他幽靈的事，我乾脆帶她來找你。」
「喔，原來是這樣啊。」雖然黑黑的說明很簡單，但孝夫心領神會地用力點點頭，指著房子的屋簷說：「那要不要坐下來聊天？」
「動作快啊，時間不多了，妳不要慢吞吞。」
黑黑推著我，我還沒搞清楚是什麼狀況，就順從地照做了。
孝夫、我和黑黑依次在木頭屋簷下坐下。
「我叫大場孝夫。」
孝夫恭敬地鞠躬，自我介紹說。

「不好意思，突然上門打擾。」

我也慌忙向他鞠躬。

「不不不，除了引路人先生，沒有其他人來找我，所以我很高興。」

孝夫笑得眼睛都彎了下來，看起來他是真的覺得開心。

「請問、你不是……地縛靈嗎？」

「不是，我勉強沒有成為地縛靈。算起來……我在這裡已經有五年的時間了。」

「但是，為什麼……」

「妳是不是想問，我的外形為什麼看起來不像妖怪？」

我點頭代替回答，然後看著孝夫。

他和我之前見到的地縛靈完全不一樣。他表情很平靜，而且說話也很溫和，看起來不像會突然性情大變。

「這是因為我罣礙的內容無法實現。」

「……」

雖然我想追問，但又認為還是等孝夫繼續說明比較好，便沒有吭氣。

「據說罣礙就是臨死時，浮現在腦海中的想法，但有時候罣礙的內容無法消除。如果是無論付出再大的努力也無法消除的罣礙，就可以選擇成佛，或是維持目前的狀態，繼續在這裡當幽靈。」

我大致瞭解他想表達的意思，只是腦筋有點轉不過來。

黑黑似乎察覺我的困惑，向我伸出援手。

「比方說，妳走在路上突然死了，然後妳在臨死的時候想到『希望以後可以成為新娘』，但在四十九天之內，根本不可能消除這個罣礙。」

「是啊是啊，就是即使時限結束，也無法解決的罣礙，這樣就可以目前的樣子留在這個世界嗎？」

「沒錯。」

黑黑緩緩點頭，表情似乎有點寂寞。

「孝夫不理會我的勸阻，決定繼續留在這個世界，我會定期來看他，因為他有一天，可能會想起那個世界。」

「給你添麻煩了。」
孝夫滿臉歉意地說。
「等一下，那我也可以這樣嗎？」
「妳是白痴嗎？你們的狀況完全不一樣。妳的罣礙內容有辦法消除，只能變成無法完成任務的地縛靈。」
「呿。」
我不滿地說，這時，聽到屋內傳來聲音。
我轉過頭，隔著落地窗，看到一個幼稚園年紀的小女孩坐在客廳的沙發上。
「她是我女兒。」
孝夫瞇起眼睛說。
「好可愛。」
我坦誠地表達內心的想法。
女孩穿著可愛的粉紅色裙子，坐在很大的沙發上唱著歌。

「她就是我的罣礙。」

「啊？」

孝夫的嘴角浮現微笑，注視著遠方。他的眼睛沒有笑。

「她出生後不久，我就發生車禍死了。」

「怎麼會這樣……」

孝夫說的話太出乎我的意料，我看向身旁的黑黑，黑黑閉著眼睛，輕輕點著頭。

「原本增添了新生命，正打算好好為未來的人生奮鬥，沒想到就在這個節骨眼發生了這件事。起初我無法相信自己死了，完全無法接受。」

我在不知不覺中用力握著裙子，也許是因為感受到孝夫強烈的悲傷。他當初必須拋下剛出生的孩子離開這個世界，必定是難以想像的莫大痛苦。

孝夫露出淡淡的悲傷笑容，繼續說道：

「我在臨終時最後的念頭，就是『希望可以看著女兒成長』。」

這個罣礙的確無法在四十九天內消除。但是……

「所以你就這樣……」

我說不下去了，孝夫咬著嘴唇說：

「我覺得很對不起我太太，無法獨自去那個世界。雖然看著悲傷的太太很痛苦，但我還是選擇留下來。」

「這樣啊……」

除此以外，我還能說什麼？原來在他親切的笑容背後，有如此深沉的悲傷，我說不出話。

房間後方傳來拉門打開的聲音。

「小空，原來妳在這裡啊。」

一個滿面笑容的女人走進來。

女人的眼睛和在沙發上笑得很開心的女孩一模一樣。

「她是我太太。」

坐在我身旁的孝夫向我說明。

「我、我在唱、唱歌。」

「這樣啊，可以唱給媽媽聽嗎？」
「嗯，可以啊。」
母女兩人都坐在沙發上，開心地唱起歌。
雖然看起來很幸福，但孝夫並不在那裡，而是變成幽靈守護她們，而且她們甚至不知道孝夫的存在。
「孝夫先生，你在這裡看她們，不是反而會難過嗎？」
我忍不住這麼問。
如果是我……，如果是我，我一定無法承受這種痛苦。
「當然很難過。」
孝夫立刻回答，他站起來，伸著懶腰說：
「雖然很難過，但是看到我太太和小空再度露出笑容，我就很高興，足以消除我的悲傷。」
「她們看起來都很好。」
我再次轉頭看著她們母女說。

「是啊，這是我目前的生命意義……雖然我已經死了。」

孝夫在說話時，看向車庫的方向。

我順著他視線的方向看去，發現一輛白色轎車打著方向燈，正在停車。

屋內的母女似乎聽到了聲音，都同時起身。

她們小跑著消失在屋內，我知道她們正走向玄關。當一個身穿西裝的男人走下車時，玄關的門猛然打開，小空衝出來。

「爸爸！」

小空歡呼著撲到男人身上。

「喔，我回來了。小空，謝謝妳來迎接爸爸。」

「你回來了。」

孝夫的太太從屋內走出來，從男人手上接過提包。

「咦……」

我轉過頭，沒想到孝夫開心地微笑。

「這是怎麼回事？為什麼會叫他爸爸……」

「他是小空的新爸爸。我太太去年再婚了，小空應該覺得他就是自己的親生父親。」

我覺得孝夫的笑容中有一絲憂愁，難道是我想太多嗎？

「……」

孝夫似乎察覺到我正默默看著他，他閉著嘴，但掛著笑容。

「她們都向前邁進了，她們終於向前邁進了。」

孝夫好像在對自己說這句話。雖然這並不代表否定孝夫曾經活過的事實，但我還是感到心痛。

『日子一久，就會慢慢消化這件事，享受自己的人生。』

黑黑之前說的這句話，就是指這件事嗎？

孝夫可能察覺了我複雜的表情，微笑說：

「我告訴自己，我已經交出了接力賽的棒子。妳看，她們笑得這麼幸福。」

我再次看向小空和她的媽媽，一家三口都露出了無比幸福的笑容。

「孝夫，」黑黑用訓誡的語氣說：「是不是差不多了？你的使命不是已經結束了嗎？」

孝夫嘆了一口氣，肩膀用力起伏。

「也許吧，即使沒有我的陪伴，她們也沒有問題了。」

我認為這件事無法責怪任何人。

孝夫選擇留在這個世界，他太太再婚，小空忘記孝夫。這是他們在悲傷中選擇的答案，如果無法克服悲傷，也許就只能背負著悲傷繼續活下去。

「如果下次見面時，你做好了啟程的準備，隨時告訴我。」

「好，我會考慮。」

孝夫點點頭，黑黑將視線移到我的身上，指著我說：

「好，螢，我們要走了。」

「啊？」

「我們不是在找栞嗎？如果不趕快找她，天色就黑了。」

對喔。我必須找到栞，消除我的罣礙。

「啊，呃，孝夫先生，謝謝你。」

「不客氣，很高興妳願意聽我的故事。祝妳能夠順利消除罣礙。」

孝夫以溫和的笑容對我說。

「走嘍！」

抬頭一看，黑黑正準備從大門走出去。

「啊，等等我！那、那我就告辭了！」

我大聲向孝夫道別，立刻追上去。

我覺得胸口悶悶的。

5

「我不行了。」

「開什麼玩笑！不要偷懶，趕快找人。」

我們已經連續找了栞好幾個小時，卻遍尋不著她的身影。

「原來死了之後仍然會覺得累，我已經精疲力盡了。」

太陽已經下山，天色變暗。

我的身體仍然發著光。

「她會不會已經回家了？我們再去她家看看。」

我突然想到這件事，於是向黑黑提議，他搖搖頭說：

「妳倒是去她家看看，她一定會情緒崩潰，到時候不是也會造成她父母的困擾嗎？」

「也對……真傷腦筋。」

琹被嚇壞是理所當然的事。
死去的人突然出現在眼前，任何人都會嚇得魂不附體。
我咒罵自己太大意了，黑黑好像突然想到妙計。
「對了，螢，這附近有沒有高地？」
「高地？」
「既然已經開始消除罣礙，山本琹的身體發出了光。即使在遠處，我應該也可以看到。」
原來是這樣。
城市漸漸被黑夜籠罩，身上發出的光的確有點耀眼。
這裡位在市區的角落。
或許可以從高地或是高大的建築物看到這種光。
「車站前有一棟正在建造的大廈，那棟大廈很高，也許可以從那裡看到遠處。」
「好，那我們就去那裡。」

黑黑話音剛落，立刻邁開步伐。

我們走了二十分鐘左右，終於來到那棟大廈時，整個城市都籠罩在黑夜中。

我們穿越寫著『閒人勿入』牌子的工地，看到尚未完工的大廈矗立在黑暗中。

巨大的黑影好像在俯視我們，感覺很可怕。

相隔一個月，這棟大廈似乎又更高了。

「好可怕。」

我的身體抖了一下。

「這裡應該沒有地縛靈。」

黑黑說著，走進大廈內。

「……等等我。」

雖然還沒有完工，但低樓層幾乎都已經造好了。

電梯當然無法使用，我們只能走樓梯。

我的身體在發光，並不會看不到，但黑黑走在前面，毫不遲疑地走上樓梯。

看著他走上樓梯的背影，我有一種不可思議的感覺。

引路人黑黑說，他會協助我消除罣礙，還說這是他的工作，所以也許每個死去的人都有引路人。

是不是還有其他人和我一樣，正在努力消除罣礙？

每個人都會帶著罣礙死去……這不就是人類嗎？

「喂，妳不要發呆。」

黑黑突然開口說話。

「啊！」

我嚇了一跳，腳下踩空，向前仆倒。

我狼狽地跌在地上。

「好痛啊，你不要嚇我好嗎？」

我覺得最近好像經常跌倒。

「我只是叫妳不要發呆。」
他向我伸出右手。
「幹嘛？」
「廢話少說，抓住我的手。」
我注視他的右手片刻，然後順從地抓住，讓他把我拉起來。
黑黑確認我站起來後，快步走上樓梯。
明知道多此一舉，但我還是拍拍裙子。
「……謝謝。」
「嗯。」
我注視著他的背影，默默跟上去。
「上面的樓層還沒有造好。」
我們不知道走了幾個樓層的樓梯，視野突然開闊，強風吹向我們。
這裡搭了好幾處鷹架，通往更高的樓梯。

「你不要叫我爬上去喔。」

「嗯……這裡應該能看得到。」

這裡是露天的大廈高樓層，他竟然毫不猶豫地走來走去，尋找視野良好的地方。

有些地方還沒有鋪樓地板，大廈的邊緣甚至沒有欄杆。

我靠著自己身體發出的光，戰戰兢兢地慢慢前進。

「小心別摔下去。」

「摔下去會怎麼樣？」

我大聲問道，以免被風聲淹沒。

「會受重傷，會痛，但不會死。到時候頭破血流，摔斷骨頭，看起來會很可怕，真的會變成恐怖片。」

黑黑離我很遠，而且這裡很暗，看不到他表情。

但是他說話的語氣似乎覺得很有趣，他的個性真的太差了……

我終於找到一個鐵樁，立刻緊緊抱住。

「找到了再告訴我，我在這裡等你。」
我要避免變成恐怖片。
「好哩。」
黑黑快步離開，我只能聽到他的聲音。
我環顧周圍的景色，簡直就像低頭看著一個黑色的池沼，但天空中有無數星星。
「我原本還以為死了之後就會升天。」
現實卻是我在這裡緊緊抱著鐵樁，簡直太可笑了。
雖然剩下的時間不多了，但我只消除了一個罣礙。
平時考試時，我都是等到考試當天才開始想要抱佛腳，琹經常隨口告訴我可能會考的題目。真希望能夠回到當時……
琹總是很善解人意，經常面帶笑容，我從來沒有看過她生氣的樣子，為什麼我會覺得她在我身旁是理所當然的事？為什麼以前沒有更珍惜她？
不知道過了多久，我開始不安。

「找到了。」

身後傳來聲音，我回頭看過去。

黑黑不知道什麼時候回來了，看到我死命抱著鐵椿，故意用鼻孔噴氣，表現出不屑的樣子。

「我找到山本栞所在的地方了，她還沒有回家。」

「這樣啊……，這次一定要見到她。」

我克制著激動的心情，總算回到樓梯口，然後走下樓梯。

不知道栞這次會不會聽我說話，不知道她是否願意原諒我……

黑黑走下樓梯後，邁著堅定的腳步走在街上。

「黑黑，你不會累嗎？」

我在他身後問道。

「還好。」

他冷冷地回答。我已經習慣他說話時不會回頭看我一眼，甚至很自在。

「怎麼了？妳覺得累了嗎？」

「還好。」

我回答後，故意超越他。

「幼稚鬼。」

街燈映照下，他浮現笑容。

走了一會兒，來到一座大公園。這裡是市內很有名的公園，公園內還有網球場和池塘。

每逢假日，白天會有很多人聚集在這裡，但在夜晚的黑暗中，只覺得有點可怕。

「她應該在這裡。」

「她一個人晚上在這種地方……不是很危險嗎？」

我很擔心栞，都是因為我嚇壞了她……

『這樣根本不算是朋友！』

我突然好像聽到了栞的聲音。

「啊！」

我忍不住叫出聲。

「怎麼了？」

黑黑轉過頭。

「等等！」

我伸手制止他。我覺得有什麼漸漸有了具體的形狀。

迷霧突然散開，記憶一下子湧上心頭。

……在高速公路的休息站……琹開心地拿了吉祥物的娃娃給我看。

『要不要買零食？』

『螢，說到底，妳果然喜歡蓮。』

『既然我是妳的閨密，當然看得出妳喜歡誰。』

『妳什麼事都瞞著我。』

琹說的話接連浮現在腦海，甦醒的記憶不斷湧現。

「喂，妳沒事吧？」

黑黑走了過來。

「原來是這樣……」

我清楚回想起當時的事。

「沒錯，因為我無法把內心的想法告訴栞……所以她生氣了。」

「啊？」

栞向來對我無話不說，但我沒辦法和她一樣。

「怎麼辦……我惹栞生氣了。」

「消除罣礙不就是要去向她道歉嗎？」

黑黑聳了聳肩說，似乎表示聽不懂我在說什麼。

我想請她原諒我，但直到前一刻，我都想不起惹她生氣的原因。

……我真的是白痴。不知道栞和我在一起時是怎樣的心情。

栞比任何人更瞭解我。因為她是我的閨密。

但是我整天壓抑自己的感情，每次栞問我，我就顧左右而言他。

栞從一開始就看出來了，只是希望我親口告訴她。

後悔不斷湧上心頭，我雙手摀住臉。

「嗚嗚……嗚嗚。」

我無法忍住嗚咽，蹲下身來。

「琹……對不起，對不起。」

我淚流不止。

琹很希望我和她分享心事，希望我和她分享對蓮的感情。

「現在才明白，已經為時太晚了。」

黑黑的鞋子出現在我模糊的視野中。

「並不會太晚。」

「啊？」

我聽不懂他的意思，抬起頭。

我的臉應該哭得很醜，黑黑看著我的臉，笑笑說：

「要找到真正的罣礙，然後消除罣礙就解決了，這不就是妳來這裡的目的嗎？並不會太晚。」

「嗯嗯……你人真好。」

「妳是白痴嗎？好了，趕快站起來。」

他拉著我的手臂，把我拉了起來，從口袋裡拿出手帕，遞到我手上。

「連手帕也是黑色……」

「廢話少說，等妳哭完，我們就走嘍。」

「好啦。」

我說完這句話，拿著手帕用力擤鼻子。

「妳……這個人真不識相。」

「嘿嘿，有嗎？」

黑黑說得沒錯，現在沒時間哭泣。如果向琹道歉就可以消除罣礙，那就必須趕快完成。

我的心情終於平靜，我們再度邁開步伐。

「對方還沒有看到妳身上的光，所以第一件事，就是要先抓住她。」

黑黑說得好像我們要去抓昆蟲。

「這樣不是反而會嚇到她嗎？她一定會大叫。」

「那該怎麼辦？」

「……我不知道，但總會有辦法。」

既然都已經來到這裡，就只能見面了。我必須和栞見面。

我以前從來不知道晚上的公園這麼可怕。

我東張西望，緩緩往前走。沒有人的公園格外安靜，就連聽到風吹動樹木的聲音，也會嚇得快跳起來。

「妳自己就是幽靈，可以不要怕幽靈嗎？」

「不用你管。」

右側是噴水池，噴水池後方是網球場。

「她不在這裡……」

「搞不好她已經離開了。」

這個人工建造、強調大自然的公園到處都是長椅。

但是放眼望去，都看不到栞的光。

當我們繞公園半周時，來到有許多遊樂器材的區域。

十年前，曾經玩得不亦樂乎的遊樂器材後方，出現了淡淡的光。
「找到了……」
如果大聲說話，可能又會把她嚇跑，所以我小聲告訴黑黑。
在寂靜的夜晚，即使已經小聲說話，仍然很怕會被栞聽到。
「這次不要再逃走了！」
黑黑突然大聲說道，我嚇得跳起來。
「喂！她會聽到！」
「妳白痴喔，她怎麼可能聽到我的聲音？」
「……」
雖然是這樣，但我還是很火大，很後悔剛才還覺得他人很好。
栞坐在鞦韆上。
她緩緩盪著鞦韆，好像在想心事。金色的光隨著她的身體晃動，即使在這種時候，我仍然不禁覺得很美。
我用力深呼吸後，緩緩從正面走向她。我不想嚇到她。

「琹。」
我輕輕叫著她的名字，沒想到聲音比我想像中更緊張。
琹緩緩轉頭看了過來，看到我的臉之後，露出一絲驚訝，但立刻發出無奈的聲音說：
「喔……是螢啊。」
「對不起……剛才嚇到妳了。」
「嗯……」
琹的心情似乎很平靜，只是難過地緩緩搖頭。
黑黑確認她沒有逃走後，輕輕拍了拍我的肩膀，消失在黑暗中。
「我可以坐在妳旁邊嗎？」
「嗯……」
我坐在琹旁邊的鞦韆上。
和小時候相比，雙腳離地面的距離更近了。
我輕輕盪著鞦韆，思考該怎麼開口。

我們身體發出的光越來越亮。
「妳聽我說。」
我鼓起勇氣開口。
「我……」琹同時對我說：「我一直想見到妳。」
琹直視著我，光把她的表情照得格外柔和。
「但是，我一直告訴自己……無法再見到妳了。」
「嗯……」
我握著鐵鍊的手用力。
之前無法向她啟齒的話，隨時會脫口而出。
其實我很想告訴她，很想把對蓮滿滿的感情說出來。
但是，我以前的確說不出口，而且完全沒有發現琹在等我和她分享心事。
也許還沒有說出內心話，眼淚就會先流下來。
「剛才看到妳的時候……我不知道是怎麼回事，一下子覺得害怕，明明很想見妳……但我竟然逃走了。」

「我不怪妳，我這樣突然出現，不管是誰都會嚇到。」
任何人看到死去的人出現在眼前，都會嚇得魂不附體。
「對不起。」
「別這麼說，我也有錯。」
「不，我不是說這件事。」
琹起身，站在我面前。
她今天沒有把頭髮綁起來，風吹動她的長髮。
「啊？」
我抬頭看著她，她似乎露出笑容。
但是，她的臉立刻皺成一團，哭喪著臉。
「我之前對妳說了很過分的話，說什麼『我們這樣根本不算是朋友！』
我完全沒有這麼想……我完全沒有這麼想……」
發著光的淚水從琹的臉頰滑落時，我也哭了。
「琹……」

啊啊……原來栞和我一樣痛苦，栞感受到我留下的後悔。

「對不起，對不起。」

栞，不是妳想的這樣。

是我的錯。都是我缺乏勇氣，所以才不敢說。

栞沒有擦拭流下的眼淚注視著我，我發自內心覺得她很可愛。

「我也一樣，我也想向妳說對不起，所以……一直都在找妳。」

真的嗎？栞露出了這樣的表情，然後放聲哭了起來，緊緊抱住我。

我也用力抱住了她。

我可以真真切切地感受到她的體溫，感受到她用力抱著我，但這一切竟然都是虛幻……

我們呼喚著彼此的名字，不停地哭泣。

一聲又一聲的『對不起』中，包含了同樣多的『我喜歡妳』。

我很慶幸離開人世之前可以見到我最愛的閨密，最愛的栞……

我們不知道哭了多久。

兩個人都不由自主地抽離身體，然後相視而笑。
好久沒有看到她笑起來眼睛瞇成一條線的樣子了，我太高興了，同時很希望這一刻能夠永遠持續下去。但是，我有話必須告訴閨密。
「琹。」
我用手背擦著眼淚，叫著她的名字。
「嗯？」
她微微歪著頭，臉上帶著微笑。
「我有話想要告訴妳。」
我跳下鞦韆。我們彼此靠近。
「我……」
我吐出一口氣，繼續說道。
「我喜歡蓮。」
琹瞪大眼睛看著我，然後噗哧一聲笑了。
「我早就知道了。」

她果然已經知道了。

但是，我終於說出心裡話，覺得原本壓在心頭的石頭似乎稍微輕了一些。

「對不起，我應該之前就告訴妳，但我說不出口。」

「我倒是很希望妳找我商量。」

琹故意開玩笑說，但她內心一定很難過。她一直在為這件事難過……

「是啊……對不起。」

琹輕輕搖著頭說：

「妳現在告訴我了，我原諒妳。」

這一刻，就像是千年的謎題終於解開，我終於知道之前為什麼無法把這件事告訴琹了。

雖然眼淚情不自禁落下，但我不想繼續隱瞞了。

「我不想破壞目前和蓮之間的『朋友』關係，所以我覺得不可以喜歡他……但是，我覺得一旦和妳商量這件事，我就無法再克制自己的心意了。」

「……」

「我很害怕，我真的很害怕。」

……沒錯，我很害怕，我害怕對琹說出自己的心意之後，對蓮的感情就會一發不可收拾。

琹早就發現了，但我欺騙自己，也對琹說謊。

琹溫柔地握住我的雙手。

「不，其實我很害怕，我擔心妳一旦喜歡蓮，就會離我而去。」

「不會。」我拚命搖著頭，「我不會離開妳，即使我喜歡蓮，妳仍然是我最好的朋友。妳看我現在這麼後悔就知道了，我整天都在想，早知如此，應該對妳無話不說。」

「螢，謝謝妳，真的太感謝妳了。」

琹皺著臉，豆大的淚水再度從她的眼中滑落。

……啊啊。

琹的身體發出的光慢慢變弱，我不經意地看向自己的雙手，發現我的光也變弱了。

我的罣礙漸漸消除了。

以前我們總是形影不離，但這一別將成為永別。

「琹，妳很快就會看不到我了。」

慘了。

淚水再度湧上心頭，我用比剛才更加若無其事的語氣對她說。

「我不要……」

「我也不願意，但這是規定。我和妳終於和好了，所以必須離開了。」

我不能哭……我不能哭。

「那我不跟妳和好。」

「琹……」

「如果我不跟妳和好，我們就可以一直在一起，對嗎？我們就可以一起去上學，一起聊男生，可以……更加……」

我不想看到琹哭泣的臉，緊緊抱住了她。

「妳不要哭，拜託妳……我喜歡妳的笑容，我想看著妳的笑臉離開。」

「我……做不到。」

琹用力抱住了我，她今天和平時不一樣，簡直就像是我的妹妹。

「拜託妳笑一笑，只要最後看到的妳臉上帶著笑容，我就可以繼續往前走。」

如果我更早把一切都告訴栞……

如果我以前就可以像現在這麼坦誠……

嘴裡吐出的白氣在天空中飄舞，緊緊擁抱的感覺漸漸不真實。

栞可能也發現了這件事，我察覺到她倒吸了一口氣。

她緩緩抽離身體，然後看著我。

「我們……永遠是朋友，對不對？」

我說完這句話，對她笑了笑。

「當然啊。」

栞說話時雖然嘴唇顫抖，但歪著頭，露出了笑容。

籠罩在我們身體周圍的光彷彿被吸走般漸漸消失。

黑夜正在拆散我們，讓我們再也無法相見。

只有公園內的小燈，照亮了啜泣的栞。

第三章　一定會流淚

1

暑假的速食店內擠滿了人。

穿著便服的學生無憂無慮地興奮聊天。

這些學生不知道在聊什麼好笑的事，持續發出高亢的笑聲。我手上拿著裝了果汁的紙杯，坐在吧檯前看著他們。

我當然無法真的喝果汁，周圍的人應該看不見我。

看著這些興奮聊天的學生，我忍不住羨慕。

我以前很喜歡坐在樹蔭下看書，但是也許我偶爾也想邀栞，或是硬拉著蓮來這種餐廳聊垃圾話。

「如果可以回到從前……」

如果可以回到從前，我在日常生活中，或許就能夠做出不同的選擇、不同的行動。

我再次體會到，我以前都是渾渾噩噩過日子。同時知道，任何人都是突然離開這個世界。

「這就是所謂的後悔莫及吧。」

消除和栞之間的罣礙至今已經過了四天。

「還剩下七天……」

我知道自己必須著手消除下一個罣礙。

黑黑在催促我，只要我消除最後一個罣礙，就解決了所有的事。

但是——

……大高蓮。

每次想到他，就喘不過氣。每次回想起他在操場上奔跑的身影，就不自覺想哭。

我知道，他絕對就是我的罣礙。

「我怎麼可能向他告白？」

我每次這樣嘀咕後，就試著尋找可以推翻這個結論的理由，但每次都遭到打擊。

……我不該沒有打招呼就離開。黑黑現在應該四處尋找我。

——嗶、嗶、嗶、嗶。

突然聽到電子聲。

我以為是速食店廚房油鍋的計時器響了，但那個聲音聽起來很近，好像在我腦海中響起。

我東張西望，尋找聲音的來源，但那個聲音很快就淹沒在學生的放聲大笑聲中，聽不見了。

「妳在這種地方幹嘛？」

黑黑不知道什麼時候站在我身旁。

我並不驚訝。每當我走投無路時，黑黑就會出現。

「沒幹嘛，只是閒著無聊。」

「什麼？閒著無聊？妳在說什麼鬼話？」

黑黑用不屑的語氣對我說話，我看著他。雖然我有話要說，但還是沒有說出口。

我知道我並不開，更知道如果我不消除罣礙，黑黑就無法回去。

消除和阿嬤、栞的罣礙雖然很難過，但隨著日子一天一天過去，我很慶幸自己完成了這件事。

但是，蓮的情況就不一樣了。見到蓮之後，我想要說的是之前一直隱藏在內心的感情。即使我現在已經死了，仍然沒有勇氣告訴他。

黑黑發現我沒有吭氣，忍不住嘀咕一聲：

「真受不了。」

他在我身旁坐下，皺著眉頭打量四周。

「這裡很吵啊。」

「學生都沒什麼錢，才會來這種地方。」

「妳對這裡有很多回憶嗎？」

黑黑納悶地問我，我緩緩搖頭說：

「完全沒有，只是我很希望以前能夠在這種地方耍廢，這也是我的罣礙。」

「這樣啊。」

黑黑起身離開吧檯，輕輕拍拍我的背說：

「但罣礙清單上沒有這件事，趕快走吧。」

走出速食店，黑黑不加思索地走向學校的方向。

蓮今天應該也在操場上練習。

黑黑發現我好像被黏在地上般停在原地，在離我有幾步遠的地方停下腳步。

「……妳不去嗎？」

我低頭注視著柏油路面。

我知道，我當然知道，眼前最重要的事，就是去和蓮見面。

「我猜……我只是猜想，我對蓮的罣礙，就是把自己的心意告訴他。」

「是嗎？」

「……難道不是嗎？」

我看向探頭看我的黑黑。

「不知道。」

黑黑雙手扠腰，似乎並不感興趣。

我想起來了，他曾經說過，他並不知道罣礙的內容……

「唉。」

我用全身嘆著氣，嘟著嘴，再度看向地面。

「如果那是妳的罣礙，妳會害怕嗎？」

……害怕？

「也許吧，我還沒有做好心理準備。」

不知道為什麼，我吐露了內心的真實想法。

只要見到蓮，就會更想念他，而且我一定會哭泣。

說到底……就是我缺乏勇氣。

我只能嘆氣。

「妳那麼喜歡他嗎？」

他似乎很不解，我忍不住笑了。

「妳在笑什麼？」

「黑黑，你從來不曾有過戀愛的感情嗎？」

「沒有，我不太瞭解這種事。」

這樣啊……我注視著黑黑。

「所以你從來不曾覺得誰很可愛，想要和他在一起，或是希望可以和他多聊天，你從來沒有這種經驗嗎？」

黑黑皺著眉頭愣在那裡，好像第一次聽到有人說這種話。我猜想他可能在思考。

「沒有。」

黑黑很自然地邁開步伐。學校離這裡不到一公里。

「我和蓮一直是朋友。」

黑黑瞥了我一眼，但什麼話都沒說，轉頭看向前方。

「我們無話不談，聊了很多垃圾話，也經常打鬧……但是，從第一次見到他開始，我就喜歡他了。」

沒錯，我一開始就喜歡他，但一直壓抑自己的感情。

但是，我漸漸無法再欺騙自己，即使如此，我還是很高興他隨時都在我身邊。

「只要蓮笑了，整個世界都在笑；當蓮難過時，我和整個世界都會陷入難過。蓮完全沒有這種想法，我只是一廂情願地喜歡他，全都是我的錯。」

是我破壞了『朋友』的遊戲規則……

單戀雖然一開始很幸福，但時間一久，難過的比重就會持續增加。只要能夠見到他，就該滿足，但我並不知足，這種痛苦或許是對我的懲罰。

黑黑停下腳步。

「罣礙必須消除，即使妳不願意，也必須消除……螢，如果妳不消除這個罣礙，也會造成蓮的不幸。」

「我知道啦……我知道。」

「更何況，」黑黑突然用開朗的聲音說：「妳的罣礙不一定是告白，搞不好只是『還想再和他說說話』這種簡單的罣礙。」

「白痴……」

「啊？」

「我說你是白痴，怎麼可能有這種事？我最清楚了，我知道自己想要什麼。」

如果不大聲說話，我可能會哭出來。

沒錯，我自己最清楚。

蓮的笑容、蓮的溫柔，和他說的話，都是建立在『朋友』的基礎上。

所以我無法向他告白，所以我無法去見蓮……

「我想回家一趟。」

我突然很想見爸爸和媽媽。

「回家？我勸妳打消這個念頭。」

他回答時焦急的語氣，讓我感到有點不太對勁。

「為什麼？我很久沒有回家了，我去看一下媽媽也沒關係。」

「不行，不能讓妳情緒更不穩定。」
「我沒有情緒不穩定，我吐出的氣也沒有變成白色。」
我對著黑黑吐氣。
「妳不要扯東扯西，趕快去學校。」
黑黑轉身邁開步伐。
他走幾步後停下來，抱著雙臂，用可怕的眼神看著我，似乎叫我趕快跟上腳步。
「……小氣鬼。」
我小聲說道。
黑黑確認我無可奈何地跟上去後，再度轉身往前走。
前方就是大馬路，在前方的街角右轉，就到學校了。
我的腳步越來越沉重，心情也是。
……我還是做不到。
我確認黑黑在前方的街角轉彎後，立刻轉身跑向相反的方向。我剛才就已經確認，有一輛公車剛好停在公車站。
我跑過去時，車門已經關上，我按照黑黑之前教我的方法，想像自己『穿越』車門。
我必須搭這輛公車，才能逃離黑黑回家。
我摸著門，用強大的念力想像。念力似乎奏了效，我的身體順利進入了公車。
「我很厲害嘛！」
我立刻從公車後方的窗戶看向馬路。
黑黑並沒有追上來。沒問題，他似乎還沒有發現。
「趕快開車啊！」
雖然司機不可能聽到我的聲音，但公車立刻發動引擎，緩緩駛了出去。
我鬆了一口氣，坐在空位上。
想到黑黑現在應該慌了手腳，覺得有點對不起他。

回到家時，我穿越了門，進入屋內。
雖然我已經掌握訣竅，但還是不喜歡穿越時那種渾身不舒服的感覺。
「媽媽？」
我叫了一聲，走進客廳。
雖然只是有一陣子沒回家，但在懷念的同時，也有一種回到熟悉地方的安心感。
媽媽正坐在木地板上折衣服。
爸爸坐在沙發上看電視。
「對喔，今天是星期天。」
我已經忘了今天是星期幾。
媽媽比上次見到時氣色好多了，表情看起來充滿活力。
媽媽折好衣服後起身，問爸爸：
「要不要喝咖啡？」
「好啊，幫我倒一杯。」

爸爸的視線從電視上移開。
「這個節目很好看嗎？」
「沒有，我看不太懂最近的電視。」
爸爸苦笑著。
「是啊。」
媽媽說完，笑了笑。
「你可以幫我把毛巾收好嗎？」
幾分鐘後，媽媽在燒開水時問。
「好。」
爸爸輕快地回答後，拿著毛巾走出客廳。
「原來這樣……」
……這裡已經……展開了沒有我的時間。
我並不希望爸爸和媽媽永遠都為我悲傷，我當然不想看到他們陷入悲傷的樣子。

即使如此，看到他們平靜過著日常生活，好像什麼事都不曾發生的樣子，我還是有點受到打擊。

仔細一看，發現客廳內並沒有我的遺照，這裡完全沒有我曾經生活過的痕跡。

媽媽泡咖啡時哼著歌。

「怎麼會這樣……」

我有些茫然，步履蹣跚地走出門外。前一刻的好天氣消失了，天空中烏雲密佈。

我吐出的氣也變成白色，消失在天空中。

「妳沒事吧？」

黑黑抱著雙臂，倚靠在門上，一臉為難地看著渾身顫抖的我。

「……我就知道你會來。」

我在說話時，牙齒不停地打顫。

我試圖微笑，但臉頰僵硬，而且眼淚快流出來了。

我好像每天都在哭泣。

「發生什麼事了嗎？」

「沒有，他們看起來都很好。」

「就只是這樣而已嗎？還有沒有其他事？」

他為什麼問這種刺探隱私的問題？我雖然這麼想，但還是勉強回答：

「沒有其他事。」

身體顫抖，好像身處紛飛的大雪之中。

「我好冷。」

黑黑用鼻子嘆著氣。

「妳這個人真是不懂得汲取教訓。」

黑黑在說話時，把我拉了過去，緊緊抱著我。

「呃，你……」

我大吃一驚，試圖把他推開。

「別逞強了，不要說話。」

他更用力抱著我，我好像突然聽到自己的心跳聲。

我忘了呼吸，只擔心黑黑會不會聽到我心跳的聲音。

我意外發現黑黑的身體很溫暖，感覺很舒服。

我閉上眼睛，聞著他西裝的味道。

「我沒有其他意思，妳不要誤會。」

「嗯，我知道。太不可思議了，明明已經死了，卻可以聽到心跳聲。」

「對，在去那個世界之前，都還有心跳，而且不是也有體溫嗎？」

前一刻的寒冷消失了，心情漸漸平靜下來，我終於能夠呼吸了。

正如黑黑之前所說，爸爸和媽媽都在努力克服我死去這件事。

沒有父母不為自己的孩子死去悲傷難過，他們只是表現得若無其事。

一定是這樣……

「我沒事了。」

我抽離身體，做出用力握拳的動作。

我已經不覺得冷，吐出的氣也不再是白色。

「啊！」

黑黑突然叫了一聲，抬頭看著天空。

「下雨了。」

雨滴從天空飄落，滴答滴答，雨滴打在額頭的感覺很舒服。

「用穿越物品的方式可以穿越雨。只要覺得自己能穿越雨，就不會被淋濕了。」

「沒關係，這樣很舒服。」

……簡直就像還活著。

我忍不住這麼想，然後苦笑起來，覺得自己的幽靈生活越來越像樣了。

「明明剛才還抖個不停。」

黑黑說完，似乎鬆了一口氣，淡淡地笑了。

雨越下越大，發出很大的聲音打在柏油路面。我走在路上，決定穿越這片雨。穿越的雨滴在我的腳下跳舞。

公車站終於出現在前方。

已經有人在公車站等候。是一個五歲左右的男孩，和穿著西裝的年輕父親。

即使在雨中，仍可以聽到男孩的大聲哭喊。他大聲尖叫著，試圖掙脫父親的手。

「怎麼回事啊？吵死了。」
黑黑皺起眉頭。
「不知道是什麼事。」
男孩聲嘶力竭地叫著。
「喂，你先靜一靜。」
父親驚慌失措地安撫他，但男孩完全不理會。
就在這時，男孩掙脫父親的手，向我們跑來。
雖然他轉眼之間就被雨淋濕了，但他不顧一切地跑過來，然後在我們面前摔了一跤。
他濺起的水也濺到我們身上。
「喂，你不要這麼激動。」
父親追上前，把男孩扶起來。
男孩很驚訝，然後看著我。
……咦？
我覺得好像和男孩對上眼，不禁停下腳步。

男孩抱著我的腰說：

「姊姊！妳救救我！」

「！」

咦……他為什麼能夠看到我？而且還可以摸到我？

除了男孩以外，在場的所有人都瞪大眼睛，面面相覷。

「搞什麼，原來你是引路人。」

黑黑最先開了口。

「啊！？你該不會也是！？」

原本以為是男孩父親的男人問，然後發自內心鬆了一口氣。

「所以這個孩子……」

我看著把臉埋在我肚子前的男孩，問那個男人。

男人點點頭說：

「對，他已經死了，但根本不聽我的話，拜託你們幫幫我。」

男人對著我們合起雙手。

2

他們兩個人分別向我們求助，我和黑黑邀請他們來到成為我們根據地的樣品屋。

男孩的情緒很不穩定，冷得瑟瑟發抖。

這裡是樣品屋，並沒有空調，於是我們把男孩帶去臥室。他立刻鑽進床上的被子裡。

「你出來。」

即使叫他，他也像是被撿回家的小貓，警戒地躲在被子裡。

「別管他。」

黑黑無奈地說。

「他叫什麼名字？」

我問男人。

「他叫村松涼太。」

「你負責他嗎？」

黑黑盤著腿，坐在床邊。

「是啊，但幸虧兩位幫忙。」

引路人跪坐在黑黑面前鞠躬說道。

「你是新人？」

「對……」

男人靦腆地抓著頭，點點頭。

「新人就為小孩子引路，你的運氣太差了。」

「就是啊，他根本無法理解自己死了這件事，更別提消除罣礙了。」

男人一臉哀怨地看著床上。

男人一頭黑色頭髮理得很短，有一雙黑色眼睛。

他應該和黑黑一樣，也是以人類的外形現身。

……小平頭。我偷偷為男人取了這個名字。

他的髮型就像以前描寫刑警的連續劇中常見那種很老氣的小平頭。

「學長，拜託你，可不可以和我交換？這個女生看起來很聽話，我應該有能力應付。」

小平頭瞥了我一眼說道。

「你不要得寸進尺，我可是同時負責好幾個人，你負責一個人就手忙腳亂了，怎麼可能有辦法應付好幾個人。」

黑黑斷然拒絕。

「黑黑，除了我以外，你還負責其他人嗎？」

小平頭聽到『黑黑』這個名字，噗哧一聲笑了。

「我這種層級，就要同時負責好幾個人。我之前沒有告訴妳嗎？」

黑黑在說話時瞪著拚命忍住笑的小平頭。

……原來是這樣啊。我覺得他好像隨時都在我身旁，原來他還去和別人見面。

我有一種不可思議的感覺。

難道是我在睡覺，或是陷入沮喪的時候，他去和別人見面嗎？
「學長，我一個人搞不定他，求求你一定要幫我。」
小平頭更加深深鞠躬懇求著。
「不行不行，我們的時間很緊迫，根本無暇幫你。」
黑黑冷淡無情地拒絕了。
「啊，你不要這麼說嘛。」
小平頭一臉快哭出來的表情搓著雙手，好像在向神明祈禱。
「小平頭，你……」
「小平……頭？」
……慘了，我脫口叫出來。
黑黑噗哧笑了。
「不，那個……沒關係啦，你就叫小平頭。你知道涼太罣礙對象的名字嗎？」
「唉……如果知道名字，就不必這麼辛苦了。」

小平頭似乎對這個名字不滿，嘟著嘴，有些不悅。

「如果是我這個層級，就會知道。」

雖然根本沒有人問，但黑黑得意地吹噓著。

我看向床，發現涼太從微微隆起的被子中探出頭。

我們四目相對，他又立刻縮回被子。

「既然連名字都不知道，對你這個新人來說，的確有點吃力。」

黑黑垂著嘴角說。

「請你一定要幫幫我，我無論如何都希望涼太能夠離開這裡。」

聽到小平頭這麼說，我恍然大悟。

如果不為涼太消除罣礙，他就會變成地縛靈……

他年紀這麼小就失去生命，這已經夠可憐了，無論如何都要避免他變成地縛靈，被困在這個世界。

轉頭一看，涼太又從被子中探出頭，滿臉不安地看著我們。

「涼太。」

我故意移開視線，很有精神地叫他。

「我叫螢。你知道夏天有一種昆蟲叫螢火蟲嗎？我的名字就是螢火蟲的螢。涼太，你要不要和我一起玩？」

「妳又要多管……」

黑黑小聲嘟噥，幸好他並沒有繼續說下去。他似乎並不反對。

「涼太，不管你想做什麼，姊姊都會陪你一起完成，所以你過來這裡，好不好？」

涼太瞪大眼睛，似乎在思考，然後開口說：

「我知道。」

說完，他掀開被子，坐在床角。

「我知道螢火蟲，去年我和媽媽一起去看過。」

「這樣啊，是不是很漂亮？我告訴你，其實姊姊偶爾也會發光，就是螢火蟲的光。」

「妳騙人。」

涼太在說話時，露出期待的眼神。

「我沒騙你，沒騙你，而且我偷偷告訴你……其實你也會發光。」

涼太晃著放在床下的腿，似乎在思考我這句話的意思。

「……這是真的嗎？」

他抬眼看著我。

「當然是真的啊，要不要和我、黑黑，還有小平頭，我們四個人一起去探險？只要我們四個人齊心協力，你一定可以發出很美的光。」

「小平頭……」

小平頭不滿地重複著，但我不理會他。

「不會很可怕嗎？」

涼太在說話時跳下床，在我身旁抱著膝蓋坐下，然後一雙大眼睛看著我。

「當然不可怕！我們是為了讓你身體發光的戰隊。對了，你覺得我們的戰隊要叫什麼名字？」

「我想要記憶戰隊！」

涼太開心地說。

記憶戰隊是每週日在電視上播放的英雄動畫片的名字。

「真不錯！好，從現在開始，我們就是『記憶戰隊』，涼太，你是隊長！要好好加油。」

涼太露出興奮的表情，連續點了好幾次頭。

「妳到底有什麼打算？」

窗外的天色漸漸暗了。

涼太剛才又哭又叫又興奮，已經在床上睡著了。

「沒辦法啊，頭已經洗下去了。」

為了避免吵醒涼太，我走去客廳時說。

「只剩下七天了，也就是說，已經過了四十二天。」

黑黑不滿地說著，跟著我走過來。

小平頭聽了驚叫著問：

「啊！是這樣嗎？」

來到客廳後，我坐在沙發上，他們兩個人也跟著坐下。

「黑黑，你聽我說，我知道自己最後的罣礙是什麼，只是還無法下定決心，所以現在先解決涼太的事。」

「妳只是在逃避現實。」

「也是啦。」

我無法否認。我的確在逃避。

現實的情況不是『頭已經洗下去』，所以不得不繼續，而是我對眼前的狀況『求之不得』。

但是，我無法對涼太棄之不顧。

「對不起，因為我的關係，讓你們捲入了麻煩。」

小平頭滿臉歉意地說。

「難道你要對可愛的學弟見死不救嗎？」我斜眼看著黑黑。

「什麼嘛！」黑黑咂著嘴，轉頭不理我。「螢，那妳要向我保證，等處理完這件事，絕對要去消除罣礙。」

「我知道，但我沒辦法向你保證。」

「真受不了……」

黑黑似乎還有什麼話想說，但最後無奈地說：「那就速戰速決，趕快處理。」

「既然已經決定了，請你告訴我們至今為止的情況。」

「呃呃，這個嘛。」

小平頭拿出像是記事本的東西，翻開後回答：

「我從六天前開始為村松涼太引路，他被卡車撞到，當場就死了。真可憐……他的年紀還這麼小，竟然發生了這種事。不知道他自己，還有他的家人有多懊惱。光是想像這件事，就令人痛苦不已。

「小孩子的罣礙通常都和父母有關。」

黑黑坐在沙發上，打著呵欠說。

小平頭點頭向他說明：

「他起初完全不願意離開父母，睡覺的時候鑽進父母的被子不肯離開，但他的身體並沒有發光。他的祖母和他們同住，他的罣礙似乎也和祖母無關。」

「那他的交友關係呢？」

「是，所以我們剛才打算去他之前就讀的托兒所，沒想到突然下起雨，我們在公車站躲雨，他突然大哭大鬧……後來就遇到你們。」

「這麼小的孩子，交友圈很有限，他的罣礙可能和托兒所有關。」

黑黑看著臥室的方向說。

「學長，你不是可以知道死者罣礙對象的名字嗎？拜託你告訴我，求你了。」

小平頭又合起雙手懇求黑黑。

「啊，不……我剛才不是這個意思，我不知道對方的名字，而且禁止直接援助其他引路人，我無能為力。」

……咦？他之前不是說，他知道罣礙對象的名字嗎？

難道他的意思是說，不是自己負責的對象，就不知道罣礙對象的名字？

我覺得有點不太對勁。

但是想起涼太睡覺時天真無邪的臉龐，就強烈地認為這種事不重要，必須努力找到涼太的罣礙。

下了一整晚的雨完全停了，草木上的水珠被朝陽照得閃閃發亮。

涼太睡飽之後，恢復體力，活蹦亂跳，興奮不已。

「人類的父母太辛苦了，必須把這麼吵鬧的孩子養育成人。」

黑黑有點受不了，一大早就不悅地發牢騷。

「活潑好動很好啊，我小時候也很調皮。」

「喔，妳現在還是小孩子啊。」

黑黑意興闌珊地按著腦袋。

他似乎被小孩子特有的高亢聲音吵得頭痛。

好不容易把遲遲不起床的小平頭叫起來，我們四個人一起前往涼太以前就讀的托兒所。

小平頭問跑來跑去的涼太：

「涼太，你確定是這裡嗎？」

「確定，確定，小平頭。」
「你不可以叫我小平頭！」
「雖然他們吵吵鬧鬧，但兩個人的感情似乎變好了。」
我看著走到我身旁的黑黑說。
「我可受不了。」
黑黑用力打個呵欠。
遠遠就看到托兒所橘色屋頂的可愛房子。
不知道是否受到少子化影響，托兒所比想像中更小。
「就在這裡啊。」
涼太得意地跑進托兒所。
我們也跟著走進去。
很多小朋友在院子裡玩耍，沙坑雖然還很濕，但小朋友毫不在意，不顧滿身是沙，玩得不亦樂乎。
「啊……」
抬頭一看，發現涼太正對著幾個在溜滑梯的小朋友大聲說話。

那幾個小朋友當然看不到涼太。

但是涼太仍然一個勁對他們說話，即使那些小朋友根本沒有看他一眼，但他仍然一次又一次對他們說話……

「真令人難過。」

黑黑幽幽地說。

「好可憐……」

我點著頭說道。

那幾個小朋友溜完滑梯後，又跑向下一個遊樂器材。

小朋友臉上都帶著笑容，完全不在意少了一個之前一起玩的小朋友。

涼太站在滑梯旁。不知道他幼小的心在想什麼，眼眶有點濕潤。

「他們是你最要好的朋友嗎？」

小平頭把手放在涼太的頭上問。

「他們是小雅、小和，還有小綾。」

涼太說話時仍然看著那幾個小朋友，小平頭看著黑黑。

黑黑搖搖頭。

「他沒有發光，這幾個人可能並不是他罣礙的對象。」
我走到涼太身旁蹲下來，和他的視線保持相同的高度。
涼太有點驚訝，低下了頭。
「姊姊也和你一樣，中了周圍的人都看不到姊姊的魔法。」
涼太咬著嘴唇看著我。
「魔法？」
「對，因為有壞人，那個壞人把姊姊和你變得看不見了。但是這個魔法快失效了，到時候你又可以和小雅他們一起玩了。」
「……真的嗎？」
「嗯，但是在魔法失效之前，我們都是透明人，你以後可以向小雅他們炫耀。」
涼太用力點著頭，我摸著他的頭，內心為自己說謊產生了罪惡感。
他的年紀這麼小，接下來要消除自己的罣礙，然後從這個世界消失。
我差一點落淚，於是馬上起身。
「涼太，老師在哪裡？」

我突然想起這個問題，於是問他。
我以前讀幼稚園時，很喜歡班導師，涼太或許也和我一樣。
涼太聽了我的問題後，左顧右盼張望起來，然後納悶地說：
「咦？不在，麻紀子老師在哪裡呢？」
「會不會在教室？我們去看一下。」
我牽著涼太的手走進教室。
教室內開著冷氣，空氣涼涼的。
「麻紀子老師，麻紀子老師。」
涼太大聲叫著，我們在托兒所內繞了一圈，沒看到老師的身影。
「螢！」
這時，小平頭在教室外大聲叫我。
轉頭一看，發現他上下揮著手，似乎叫我過去。
「怎麼了？」
我把涼太留在原地跑過去，小平頭說：
「我聽到那幾個胖大嬸在聊天。」

他指著托兒所角落幾個年長的老師說。

「不可以叫她們大嬸。」

「啊，對不起。麻紀子老師好像請假沒上班。」

「是嗎？」

「對，我剛才聽到了。」

不知道什麼時候走過來的黑黑說。

「而且已經有五天沒有來上班了。」

小平頭激動地說。

「五天……」

……所以她從涼太去世的隔天開始，就沒來上班？

我看向黑黑和小平頭，他們都向我輕輕點頭。

「看來需要去她家看看。」

我轉頭看向涼太，他正站在教室的窗邊，看著正在戶外玩的小朋友。

他浮現了安詳的笑容。

3

我們去辦公室查了名冊，終於查到老師的名字叫仲山麻紀子。

我們拿著地址，前往她住的公寓。

涼太可能走累了，坐在小平頭的肩上，舒服地吹著風。

「他們看起來像父子。」

「嗯，的確有點像。」

黑黑把手放在口袋裡，仍然一副意興闌珊的樣子。

「黑黑，你到目前為止，曾經為多少幽靈引路？」

「妳為什麼要問這種事？」

他斜眼看著我。

「沒什麼特別的意思，隨便問問。」

「喔，我怎麼可能逐一計算？對我們引路人來說，比起人數，努力避免自己負責的對象變成地縛靈才更能夠受到肯定，我在這方面可以說是比優秀更優秀。」

我懶得吐槽他，決定充耳不聞。

「受到肯定……真的很像上班族欸。你不是說，你還同時負責其他人嗎？你不需要去找他們嗎？」

「我說啊，」黑黑停下腳步，指著我說：「妳以為我喜歡一直陪在妳身旁嗎？還不是因為妳不趕快消除罣礙嗎？我也很無奈。我負責的其他人，在我向他們說明規則之後，就靠自己消除罣礙，已經踏上旅程。」

……真火大。

什麼叫你也很無奈？有必要說這種話嗎？

「我也沒有拜託你陪著我啊。」

我以牙還牙，忍不住頂回去。

「妳一下子差點被莫名其妙的地縛靈吃掉，一下子又把對方嚇跑，妳一個人根本什麼事都做不好。」

「哪有這種事？我可以自己消除罣礙。」

看到黑黑很無奈，我又繼續說道：

「可以請你不要老是這種表情嗎？你可能以為自己最厲害，但你缺乏同理心！沒錯，你這個人根本沒心沒肺。虧你還當了兩百年的引路人，連這種事都不知道嗎？」

「我哪有閒工夫管人類的想法，所以我才說妳這個人太傻太天真了，現在也把消除自己罣礙的事放一邊，來管這種閒事，妳根本就是在逃避。」

小平頭和涼太已經走遠了。

「我可沒有拜託你陪在我身旁，既然你這麼不願意，那就不必陪著我啊，沒有你的干擾，我做事才更順利。」

「妳說什麼！？既然妳這麼說，那就隨妳的便，不管妳發生了什麼事，都和我無關。」

「既然和你無關，那你就走遠一點。我最討厭你了！」

我大喊著，然後開始跑。

跑過街角後，看到小平頭和涼太。涼太看到我，向我揮手。我轉頭看向身後，不見黑黑的身影。

「咦？學長呢？」

小平頭問我，他不知道剛才發生的事。

「別理那種人，我們走吧。」

「走吧走吧。」

涼太開心地說。

「走吧走吧。」

我也說道。雖然我說話的聲音很開朗，但其實心很痛。

「老師應該就住在這裡。」

小平頭站在公寓一樓的房間門口。

雖說是公寓，但是鋼筋水泥的高級公寓。

「門口掛著『仲山』的門牌。」

我指著寫著塑膠門牌上的姓氏說。

「我先進去從裡面開門。」

小平頭說完，消失在門內。

「好厲害！」

涼太張大眼睛，興奮地說。

「涼太，記憶戰隊出動了。」我對涼太說。

「嗯！」他雙眼發亮。

我再次打量周圍，還是不見黑黑的身影。

……誰想理這種沒禮貌的傢伙？他不在反而清靜。

小平頭打開門，我們走進屋內。

「咦？」

明明是大白天，但房間內一片漆黑。

「老師出門了嗎？」

小平頭說話的同時，走了進去。

「麻紀子老師。」

涼太興奮地叫著，我看到他跟著小平頭走進去後，我也走了進去。

仲山麻紀子的家就是所謂的套房，一走進玄關，就是一個很大的客廳兼廚房。

房間整理得很乾淨，但窗簾拉著，室內很昏暗。

「她在這裡。」

聽到小平頭的叫聲，我也發現了。

麻紀子靠著窗邊的牆壁坐在那裡。

「老師！」

涼太高興地想要抱住老師，他的雙手當然穿越了老師的身體。

「對喔，我是透明人……」

涼太害羞地看著我說。

……麻紀子在哭，但她沒有發出聲音，雙眼空洞無神地看著半空，淚水撲簌簌地流下。

她可能哭了很久，身旁有好幾張看起來像是擦過淚水的面紙。

她的雙眼凹陷，似乎訴說著她的悲傷。

「老師，妳怎麼了？老師？」

即使是年幼的涼太也察覺到異狀，探頭看著麻紀子的臉。

麻紀子看起來大約二十歲左右，但穿著格子睡衣哭泣的身影，看起來年紀更小。

她顯然因涼太的死深受打擊，眼睛周圍的黑眼圈顯示她都沒有好好睡覺。

「她是因為太年輕，無法接受涼太的死嗎？」

小平頭在我耳邊問。

「也許吧……」

「老師……」

涼太可能感受到她的悲傷，說話的聲音發抖，好像快哭出來了。涼太面對著自己無法觸摸到的老師，用力咬著牙齒，好像在努力克制內心的情緒。

我轉頭看著小平頭，他神情複雜地看著他們兩個人。

「小平頭，光……」

麻紀子和涼太身上都沒有光。

「對，都沒有發光。」

「也就是說他的罣礙對象並不是老師……，真傷腦筋。」

「唉……」

小平頭垂頭喪氣，似乎很疲累。

「螢，老師為什麼哭了？」

涼太不知道什麼時候走到我身旁，抬頭看著我。

他直視著我，我不知道該怎麼回答。

……因為你死了。這種話，我當然說不出口。

涼太看到我不發一語，也蹲了下來。

他似乎很想哭，但拚命忍耐著。

「小平頭，有沒有什麼方法讓老師看到涼太？」

「嗯……」

小平頭一臉為難抓著頭說：

「沒辦法，既然不是消除罣礙的對象，就無能為力了。」

「這……未免太可憐了。」

我覺得讓涼太繼續看著心愛的老師哭泣太可憐了。

既然老師不是涼太消除罣礙的對象，是否該離開這裡……

就在這時——

玄關的門鈴聲在昏暗的房間內響起，麻紀子緩緩抬起視線。

她怔怔地看著玄關，但似乎沒有力氣去開門，又慢慢低下頭。

「老師，不好意思。」

門外傳來一個女人的聲音。

麻紀子和涼太聽到這個聲音都驚訝地抬起頭。

「我是涼太媽媽，不好意思，突然不請自來。」

聽到這句話，我和小平頭互看著。

「來、來了！」

麻紀子猛然跳了起來，慌忙跑向玄關。

「媽媽！」

涼太也跑了過去。

麻紀子打開門，門外刺眼的光立刻照進了昏暗的房間。

「啊……村松太太……」

麻紀子眯起眼睛，小聲嘟噥著。

……涼太的媽媽為什麼會來這裡？

「媽媽，妳為什麼來這裡？媽媽？」

涼太看到媽媽突然上門，忍不住問。

涼太的媽媽很瘦，也很年輕。她穿著藏青色套裝，一走進玄關，立刻深深鞠躬。

當門在她身後關上時，房間內再度陷入昏暗。

「啊，不好意思，請進。」

麻紀子察覺後，慌忙打開玄關的燈，打算為涼太媽媽拿拖鞋。

「老師，不用了，我就在這裡說。」

「但是……」

「不好意思，突然不請自來。我是根據妳在守靈夜的簽到簿上留的地址找上門。」

涼太茫然地站在她們中間，不知道是否無法理解眼前的狀況，他一動不動地看著母親的臉。

麻紀子靜靜地低頭，忍著淚水，左手捂著嘴。

「村松太太，我……我沒有去參加告別式，真的……」

「涼太很喜歡妳。」

「……」

「老師，」涼太媽媽探頭看著低著頭的麻紀的臉說：「我聽涼太同學的媽媽說，妳一直請假沒有上班。」

麻紀子無力地搖搖頭，用幾乎聽不到的聲音說：

「現在……是暑假，小朋友的人數比較少，沒關係。」

「所以妳就一直在家？」

涼太媽媽似乎想問她，是不是一直在家以淚洗面。

麻紀子咬著下唇，抬起頭。

淚水順著她的臉頰滑落。

「我、我……都是我的錯。那一天，我……我……」

麻紀子說到這裡，雙手捂著臉哭了起來。

……麻紀子和涼太的死有關？

「小平頭，」我用站在前面的涼太聽不到的聲音問，「涼太是被卡車撞死的吧？」

「對，但是太奇怪了，這件事和老師沒有關係啊，涼太是在星期天死的。」

「這樣啊……」

涼太媽媽靠了過來，抱著麻紀子的肩膀。

「不是，不是妳想的那樣。我知道妳會這麼想，這才來找妳。那孩子很喜歡妳，所以、所以……看到妳在馬路對面，就興奮地衝了出去，這並不是妳的錯。」

麻紀子發出嗚咽，拚命搖著頭。

「是我、我叫了他……所以、是我……是我……」

星期天，馬路上人來人往。

涼太看到老師在馬路對面，興奮地衝過去。

卡車發出煞車的聲音。

當時的情景似乎浮現在眼前。那是一場悲傷的車禍。

「涼太在被卡車撞到的那個瞬間，應該感受著巧遇老師的興奮。如果看到妳這麼傷心，涼太一定放不下，無法上天堂。」

我覺得涼太媽媽溫柔的聲音，帶著豁達的堅強。

她戰勝失去兒子的悲傷，重新振作後，才能夠有這種堅強。

那不是為了她自己，而是為了在悲傷的谷底掙扎的麻紀子。

「老師，涼太真的很喜歡妳，他喜歡妳在托兒所笑容滿面的樣子，希望能夠繼續在托兒所看到妳的笑容。我今天來這裡，就是想對妳說這句話。」

「村松太太……」

涼太媽媽靜靜地微笑著說：

「妳想難過就盡情難過，但是我希望妳不要再自責，我也不再自責，為了涼太，我認為該這麼做。」

一行淚水流過涼太媽媽微笑的臉頰。

麻紀子用力咬著嘴唇，點了頭，接著，一次又一次用力重複。

我們離開麻紀子家後，再度走向托兒所的方向。

夜晚已經悄悄來到身邊。

「現在完全沒有線索了。」

小平頭做出投降的姿勢，表示自己束手無策了。

「嗯……」

我在回答的同時，很在意走在前面的涼太。

離開麻紀子家之後，涼太就沒有說話。

不知道是因為他發現自己死了，還是因為發現自己的死，造成了大家的悲傷……

我無法推測出他的感情，無法說什麼。

但是，去了托兒所，或許又可以找到什麼線索。

涼太突然停下腳步。

「怎麼了？」

我走到他身旁問，他以怯懦的眼神看著我。

淚水在他的眼眶中打轉。

「我死了嗎？」

他說話的聲音發抖。

他一定忍耐了很久，最後還是忍不住問了這個問題。

「涼太……」

「我以後再也見不到媽媽、老師和小雅了嗎？」

再次說謊騙他很簡單。

但是，即使欺騙他，他順利升天成佛，我覺得他內心仍然會有遺憾。

「涼太，你聽我說。剛才媽媽和老師說的話都是真的，而且我其實也死了，對不起，我之前對你說謊。」

「魔法的事，也是說謊嗎？」

「……對不起，但是我希望你相信，現在和小平頭一起做的事，對你有幫助。也許你很難過，但是我希望你能夠相信小平頭，和他一起完成任務。」

小平頭走到涼太身旁，把手放在他的頭上。

涼太的年紀還這麼小……

如果是我，可能會陷入混亂，想要逃走，也可能大聲哭喊。

但是涼太用全身忍著淚水，站在我眼前。

涼太沉默不語，露出賭氣的表情。過了一會兒，他抬起頭說：

「我知道了，那我會努力。」

「你真乖！」

小平頭把涼太扛起來，讓他坐在自己的肩上。

涼太興奮地尖叫起來。

雖然他可能還搞不清楚要為什麼努力，但他的回答讓我感動不已。

『妳只是在逃避現實。』

我想起黑黑對我說的話。

也許是這樣。就連年紀這麼小的涼太都勇敢面對自己的命運，我竟然找各種理由，遲遲不願和蓮見面。

黑黑也許說對了。

「那我們現在要去哪裡？」

涼太坐在小平頭肩上問。

「我們要去找罣礙。」

小平頭揚起下巴說。

「罣礙是什麼？」

「是什麼……罣礙就是罣礙啊。」

小平頭不知所措地看著我。

「罣礙就是你最後的想法。」
我代替小平頭回答，涼太歪著頭問：
「最後是什麼時候？」
「呃……就是，你被卡車……碰到的時候。」
我差一點說『你被卡車撞死的時候』，慌忙改口。
「是喔。」涼太想了一下，然後得意地說：「我記得啊。」
「什麼！？」
小平頭慌忙把涼太從肩上放下來。
「涼太，你記得？」
「嗯。」
涼太看到我和小平頭驚訝地互看著，露出心滿意足的微笑。
「搞什麼嘛，這完全就是踏破鐵鞋無覓處，得來全不費工夫。」
小平頭扶著額頭，仰天做出被打敗的動作，但我更驚訝他竟然知道這句歇後語。

「涼太，你真的記得嗎？真的嗎？」

「嗯。」

涼太得意地挺起胸膛。

「在這裡。」

涼太小跑起來，我們茫然地看著他的背影。

「啊，小平頭，趕快追上去啊。」

我說完這句話，慌忙跑了起來。

「好、好！」

我覺得整天都在跑。

涼太最後來到托兒所。

昏暗的托兒所內已經空無一人。

「搞什麼嘛，最後還是回來這裡。」

小平頭上氣不接下氣地說著，跟著涼太來到這裡。

穿越托兒所的中庭，繞過房子來到後方，涼太就在那裡。

「就是這裡。」

「啊……」

我忍不住叫出聲。

那裡是兔子屋的小房子，裡面有幾隻兔子。

「原來是兔子屋……」

「啊，生下來了！」

涼太大叫，抓著網子，向裡面張望。

探頭一看，發現剛出生的兔寶寶躺在兔子屋角落的浴巾上。

好幾個新生命在浴巾上蠕動。

涼太的身體靜靜地發出光芒，兔寶寶的身上也發出光芒。

「生下來了，生下來了。太好了。」

涼太發自內心高興地說。

「涼太，原來你一直擔心牠們。」

我把手放在涼太肩上，和他一起看著兔子屋內。
涼太溫柔地看著渾身發出金光的兔寶寶。
「老師說，兔寶寶快出生了，所以我一直想知道有沒有生下來。」
金色的光芒籠罩著他幸福的臉龐。
他在自己死去的瞬間，竟然祈願著新生命的誕生……
我注視著他笑得很開心的側臉，忘記了呼吸。
微微晃動的金光靜靜消失，彷彿在宣告夜晚即將結束。
小平頭單膝跪在涼太面前。
「涼太，你成功了。」
「嗯，接下來要做什麼？」
涼太一臉納悶看著小平頭。
小平頭不發一語，把手放在涼太的頭上。小平頭的手發出淡淡的藍光。
「啊……」
涼太瞪大眼睛，隨即靜靜地閉起來。

「我知道了……我會慢慢消失。」

涼太臉上寫著領悟，直視著小平頭。

「不，你會去另一個世界，你可以在那個世界看這個世界。」

小平頭溫柔地微笑。

涼太看著我，他的眼眸不像小孩子，帶著鎮定的深沉。

「姊姊，記憶戰隊的作戰是不是很成功？」

我擔心自己哭出來，沒有說話，只是用力點頭。

「姊姊，妳說得沒錯，我也發光了。」

「嗯，我看到你發光了。」

「螢，」小平頭起身，「謝謝妳幫了這麼多忙，我的任務終於完成了。

我沒有想到會借助人類的幫忙，但多虧了妳。」

「我才該謝謝你，我終於有了繼續向前走的勇氣，要謝謝你和涼太。」

沒錯，我覺得自己可以繼續向前走了。

周圍瀰漫著白煙，和黑黑第一次出現在我面前時一樣。

「你們要走了嗎？」

我說，小平頭點點頭。

「姊姊，再見。」

涼太揮手的身影漸漸被白煙包圍，漸漸模糊。

「再見。」

我再次喃喃說道。

白煙消失後，兩個人都消失了。

「他們走了。」

我脫口說道，然後意識到黑黑不在身邊這件事。以前這種時候，他都會站在我身後……

我環顧四周，雖然已是黑夜，但只聽到遠處傳來的蟬鳴。

第四章　螢之光

1

我帶著慵懶的睡意，隔著樣品屋窗戶看著天空，知道早晨再度來臨。
幾天過去了，消除罣礙的時間只剩下三天。
雖然我去了學校幾次，但有時候沒有勇氣走進校門，有時候還沒有走到操場，就已經精疲力盡。
最想見的人，卻最難以見到。
我必須像涼太一樣向前邁進。
好不容易走到可以看見蓮的地方，但又只敢躲起來偷偷看他。
我討厭這樣的自己，但又覺得這才是自己。內心的感情很複雜。
……我總是這樣。
考試的時候，雖然很想好好用功，但稍微複習一下，就覺得差不多了。
對於升學的問題也有一種事不關己的感覺，即使周圍人催促我認真思考，我也固執己見。

我勉強下了床，站在窗邊。

「還剩下三天……」

黑黑始終沒有回來。

我剩下的時間已經不多了。雖然很想抱怨黑黑，但當初是我對他說『我可以自己消除罣礙』。

雖然涼太給了我前進的勇氣，但隨著日子一天一天過去，勇氣慢慢減少。

無論是戀愛還是涼太，我對別人的事總是可以全力以赴，但為什麼遇到自己的事，就變得膽小畏縮？

「今天又是可恨的大晴天。」

我對著天空發牢騷。

如果是雨天，我還可以推說蓮應該不會練習，作為不去學校的藉口。

就在這時——

玄關傳來腳步聲，還有開門、關門的聲音。

「黑黑！」

我大喊著衝出去。他果然回來找我了！

我來到樓梯口，又叫了一聲：

「黑黑！」

然後立刻衝下樓梯。

……太好了。

我來到通往客廳的走廊時，臉上的笑容僵住。

我看到一個身穿西裝的中年人，和一對年輕的夫妻。中年男人用手帕擦著汗，對那對夫妻說：

「這裡的陽光是不是很讚？這間房子很棒，有滿滿的朝陽照進屋內。」

中年男人用抑揚起伏的聲音介紹的同時，動作誇張，臉上帶著業務員特有的假笑。

「唉……」

原來是來參觀樣品屋的人。

這對年輕夫妻幸福洋溢地相互依偎，笑臉盈盈聽著西裝男人的說明。

他們的笑容是活著的證明，我再也無法露出這樣的笑容了。

內心湧起無限的空虛。

年輕夫妻聽著西裝男人誇張的說明，不時相視而笑。

他們看起來太幸福了，我卻面臨著是否能夠離開這個世界的考驗。

我覺得怒火攻心。

但不是因為房仲業者的笑容，也和那對夫妻無關。

難道我漸漸變成地縛靈，才會對活著的人產生憎恨嗎？為了避免這種情況發生，我必須趕快消除罣礙。

「祝你們幸福。」

說完，我離開了樣品屋。

我無精打采地走向學校。

想要趕快消除罣礙的心情，和缺乏勇氣的膽怯，以及不想離開這個世界的想法在內心拉扯。

「如果黑黑在這裡就好了……」

雖然他很毒舌，和他在一起很生氣。

即使這樣……

也許因為有黑黑的陪伴，我才能夠走到今天。

雖然我在他面前說了大話，但我一個人真的沒辦法做任何事。

現在才發現，也已經來不及了。因為我惹怒了他。

走進校門後，我突然想到一個好主意，於是走向校舍的方向。

目前正在放暑假，校舍中沒有人影。

我緩緩走上樓梯，伸手摸牆壁時，發現牆壁涼涼的。

通往屋頂的門果然鎖住了，我穿越了門，來到屋頂。

我站在刺眼的陽光中，從屋頂角落，看向操場的跑道。太陽還沒有升到高空，田徑社也只有幾個人在操場上練習。

「看到了……」

無論他離我再遠，無論他的身影變得多小，我都能夠馬上找到他。

蓮正在操場角落做伸展操，他沒有和任何人說話，張開雙腿，伸展身體。

「蓮。」

我輕輕呼喚他的名字，他當然聽不到。

「蓮，如果我說喜歡你，你一定覺得很為難吧？」

除了田徑以外，他一定不想為其他事煩心。

我之前坐在樹蔭下看書，不時看著蓮的身影，他永遠都閃閃發亮。

只要跑步的成績稍有進步，他就會欣喜若狂地跑來和我分享。我比任何人更瞭解，他就是這麼熱愛田徑。

跑步的姿勢。

喝水的樣子。

和其他田徑社成員大笑的聲音。

夕陽下拉長的身影。

所有的一切就像照片般擷取下來，變成風景，留在我的心裡。

我每天都以對蓮的思念為食生活。

當思念過度，內心難過時，就用『我們只是朋友』的謊言欺騙自己。

但是……

「蓮，對不起，我必須向你告白，否則就會對你造成負面影響。對不起。」

無論如何，都必須等田徑社的其他人離開後，我才能去找他。

反正時間還早。我心情稍微放輕鬆，打個呵欠。

和煦的風吹來，彷彿夏天在觸碰我的身體。

……今天一定要去見蓮。

我閉上眼睛，對自己發誓。我不能再整天逃避。

當我下定決心後，覺得渾身湧起力量。

「好，我會努力，好好努力。」

我告訴自己。

「沒問題，我會努力。」

「妳要努力做什麼？」

「告白啊，加油、加油。」

「是喔。」

「……咦？」

我回頭一看，看到一個和我年紀相仿的女生。她穿著制服，怔怔地站在那裡。

「……妳是誰？」

「妳又是誰？」

少女微微歪著頭，微笑。

她皮膚白淨，一頭及腰的頭髮，看起來很夢幻。

有那麼片刻，我以為是有陰陽眼的人看到了我，但經過這段時日，我已經很有經驗了。

我立刻打消了這個念頭。

「我是螢，妳叫什麼名字？」

我心生警戒地問，少女走到欄杆旁，看著下方回答說：

「我叫恭子。」

她走過來後，我們變成並排站在那裡，於是我悄悄後退一步。

「妳是不是地縛靈？」
「嗯，但是妳放心，我已經沒有吸別人精氣的力氣了。」
她以悲傷的表情看著我。
「……」
「但搞不好還可以……」
她露出驚奇的眼神看著自己蒼白的手。
「還是來試試好了。」
恭子的雙手伸了過來。
……說了半天，還不是要吸我的精氣！
我毫不猶豫地對著恭子的臉頰揮了一記右直勾拳。
「……好痛，痛死我了。妳剛才那一拳太用力了。」
恭子說話時，靠著欄杆坐下。
她可能真的很痛，摸著臉頰，但不知道為什麼，她浮現了笑容。
「又不是我的錯。」

我在離她有一小段距離的地方坐下。

「嗯，對不起，我不太擅長這種事。」

恭子說完，又笑了笑。

她看起來和我之前遇到的地縛靈完全不一樣，感覺很溫和。

但是，我還不能大意。沒有人能夠保證，她不會突然攻擊我。

「恭子，妳與眾不同，看起來不像地縛靈。」

「嗯，引路人也這麼說。」

她想起這件事，呵呵笑了。

「……妳無法消除罣礙嗎？」

「正確地說，不是無法消除，而是我沒有消除。」

「……為什麼？」

恭子面帶笑容，仰頭看著天空片刻。

「今天的天氣真好。」她平靜的臉轉了過來，「我自殺那一天，也是這樣的夏日。」

蟬鳴聲好像一下子安靜下來。

……自殺。

這兩個字在我腦海中迴響。

「妳從這裡跳下去嗎？」

我努力擠出這句話，恭子靜靜地點頭。

「已經是二十年前的事了，妳不知道是理所當然的。雖然當時很轟動。」

我沒有吭氣，恭子指著我的胸口說：

「妳看，我們的制服雖然很像，但還是有點不一樣。」

聽她說了之後，我才發現我們的制服顏色很像，但恭子身上的制服更樸素。

「我當時有一個和我同年級的男朋友。我很晚熟，起初拒絕他，但他熱烈追求我，於是我們就交往了。」

她露出懷念的笑容閉上眼睛。

「我們當然瞞著其他人，雖然我不知道現在的情況怎麼樣，在那個年代，校規規定男生和女生不可以交往，是『違反善良風俗的異性交往』。」

「原來是這樣。」

「其實我也不太瞭解交往是怎麼回事，只知道自己越來越喜歡他。」

「嗯。」

我能夠理解。喜歡一個人的心情，會以驚人的速度加速。

當自己回過神時，發現已經飛奔起來，即使想要煞車，也不知道該怎麼煞車。

「交往了一陣子，我發現自己的身體越來越不對勁。」

「身體？」

「對。」恭子停頓一下，摸著肚子說：「我懷孕了。」

她瞇著眼睛，難過地嘆氣。

「我把這件事告訴男朋友，他大吃一驚，然後對我說：『不關我的事』……」

「太過分了！」

我忍不住大聲說道。

恭子驚訝地瞪大眼睛，小聲對我說聲「謝謝」，又繼續說道：

「我不敢告訴別人，去很遠的婦產科……把孩子拿掉了。」

她的臉上充滿苦澀。

我不忍心看她，於是低頭看著雙手環抱的膝蓋。

「……那時候我根本無暇思考那是一條生命，現在回想起來，我真的做了很殘忍的事，只不過當時我沒有其他路可走。」

「嗯……」

我無法體會別人遇到這種狀況時的心情。

既然她做出的決定是事實，我就無話可說。

「那次之後，他就躲著我。以前不像現在，人人都有手機；我打了好幾次電話去他家，但他都不接我的電話……我在無可奈何之下來到學校，因為他在暑假時，也要來學校訓練，我打算在社團活動之前和他見面。他一看到我，立刻臉色大變跑了過來。」

「然後呢？」

「他一看到我就說：『我和妳已經沒關係了，妳整天來找我很煩。』」

「怎麼……」

「我為了讓他放心，告訴他不必擔心我懷孕的事。他鬆了一口氣……但是很快就用以前從來不曾見過的冷漠眼神問我：『所以呢？』」

我的臉因憤怒而漲得通紅。

「我難以相信……但是他對我說：『我們之間已經結束了，以後妳不要再找我說話。』說完這句話就轉身跑走了。」

「他到底是誰！」

我的憤怒已經衝破頂點，我忍不住站起來大叫，恭子再度露出驚訝的表情。

「妳不要激動，妳為什麼比我更生氣？」

「啊，那倒是。」

我又坐下。

恭子搖著頭，一臉寂寞地說：

「之後的情況，我就記不清楚了……只記得明明是夏天，但我摸著冰冷的牆壁，走上樓梯。」

該不會……

我差一點脫口問這個問題，但幸好把話吞下去。

「當我回過神時，發現自己從這裡看著地面，那是我最後的記憶。」

恭子說完，好像怕冷似地顫抖著看向我。

我從來沒有見過如此悲傷的眼神。吐出的白氣升上天空，漸漸消失。

淚水靜靜地從她的眼中滑落。

「當我恢復意識時，簡直嚇死了，幸好引路人告訴我，我已經死了，我才鬆了一口氣。因為我沒有寫遺書，如果活下來，就會被問一大堆問題，我和他的事也會曝光。」

我覺得她是一個心地善良的人。

我很想這麼告訴她，但聽起來很輕率，我沒有說出口。

「引路人叫我『消除罣礙』，說只要消除罣礙，就可以安然長眠。我當然也希望如此，但是……」

「但是？」
恭子注視著我。
「引路人說，我最後的罣礙……就是『殺了他』，那是我最後的念頭。」
「引路人告訴妳罣礙的內容嗎？」
「他說如果是自殺，就會告訴當事人。」
……這樣啊，原來還有各種規定。
「但這也是理所當然的，那個傢伙太過分了，簡直死有餘辜。」
「嗯……我也這麼想，我也無法原諒他，但是……」
她站起來，將雙手放在欄杆上，仰望著天空。
我也站起來，站在恭子身旁。
雖然我和她之間的距離比剛才更近，但我不再害怕。
「為了消除罣礙，我在深夜潛入他家。雖然是盛夏，但他裹著被子睡覺。引路人說得沒錯，我的身體開始發出了光。」
「妳消除了罣礙嗎？」

我看著恭子的眼睛問。

「我想要殺了他，我告訴自己，這才是我該做的事……但是，當我把手伸向被子時，我聽到了。」

「妳聽到了？」

恭子停下來，痛苦地皺著臉。

「我聽到了他的哭泣聲。他在哭泣，他躲在被子裡哭，不敢發出聲音，然後不停地說著：『對不起，對不起』……，他哭著一次又一次向我道歉。」

我以為恭子在哭，沒想到她閉著眼睛，微微一笑。我認為這是一種寧靜的堅強。

「最後，我無法動手，轉身離開。那天之後，直到期限結束，我的身體持續發光，但我無能為力。引路人好幾次都說服我，但我就是下不了手。即使變成地縛靈，我也無法動手殺他。」

不知道恭子帶著怎樣的心情捱過期限。

內心絕對痛苦得難以想像。

「妳為什麼不下手？」

因為還愛著他？即使已經被他逼得自殺，仍然愛著他嗎？

恭子看著我，緩緩搖著頭說：

「我發現，我才是罪孽最深重的人。」

「啊？」

「如果我還活著，他或許還有機會向我表達後悔，也許會有不一樣的人生。只要我還活著，或許有一天會原諒他。」

「……」

「不能自己選擇死亡，從這裡看到所有活著的人，每一個人都閃閃發亮。我不僅自己走上絕路，還扼殺了原本會來到這個世界的生命，所以我才是罪孽最深重的人。」

恭子的臉上已經沒有笑容，她深深地懊惱著。

這二十年來，她一定不斷自責。

「我也一樣，」我不知道該說什麼，但還是開口。「我在死了之後，才覺得活著是一件很了不起的事。」

「嗯……活著真的很了不起。」

恭子重複我的話，淡淡地笑了。

「我的引路人很好，不僅修復了我原本慘不忍睹的身體，在我變成地縛靈之後，直到現在，仍然會不時來吸我的邪氣，所以我才沒有變成惡靈，可以繼續留在這裡。」

「妳剛才明明想攻擊我。」

雖然我也想露出像她那樣溫柔的微笑，但笑不出來。

「因為引路人差不多該來為我吸邪氣了，嘿嘿，對不起啦。」

「之後呢？妳和他……」

「後來我變得很無力，所以並沒有去看他之後過得怎麼樣，老實說，我也不想知道。他一定展開了新的人生，他的人生中已經沒有我，我不想知道。」

恭子落寞地說，她吐出的白氣消失在天空中。

她吐出的氣虛幻柔弱，彷彿象徵了恭子內心的動搖。

時強時弱……我認為每個人都這樣。

2

「對不起，和妳聊這些事。」

恭子用整個身體用力嘆氣後，用格外有精神的聲音說。

「不，我才不好意思，讓妳說這些痛苦的回憶。」

做出不消除罣礙的決定，顯然需要很大的決心。

我有辦法做到嗎？我連捫心自問這個問題都害怕，絕對是個膽小鬼。

「這是我第一次想告訴別人，我很高興。螢，妳有辦法消除罣礙嗎？」

我覺得和恭子的煩惱相比，我的煩惱根本不足掛齒。

「不瞞妳說……我因為沒有勇氣，正在為這件事傷腦筋，但我覺得妳帶給我力量，謝謝妳。」

我情不自禁這麼對她說。

「原來是這樣，那妳要加油。」

「話說回來，要事到臨頭，才知道自己有沒有辦法做到。」

我扮著鬼臉，恭子開心地笑了。

視野突然暗了下來，周圍瀰漫著白煙。

「啊，他來了。」

恭子合起雙手，嫣然一笑。

「引路人嗎？」

引路人出現和消失時，的確會出現這種白煙。

「對，他要來吸我的邪氣。」

煙將屋頂都染成一片白色，遠遠看到黑色長褲和黑色鞋子。

「嗨。」

一個男人的聲音響起。

……這個聲音……

隨著白煙漸漸消失，黑黑出現了。

「黑黑……」

我忍不住叫了一聲，黑黑瞥了我一眼。

但他很快將視線移到恭子身上，對她說：

「讓妳久等了。」

「這次的確有點晚，我剛才差一點攻擊她。」

恭子開玩笑說，黑黑又看了我一下，意興索然地說：

「這樣啊。」

他還在生氣嗎？

「恭子，今天有重要的事情要和妳談。」

黑黑對恭子說話，好像我根本不存在。

「什麼事？還這麼嚴肅。」

「妳知道今天是什麼日子嗎？」

「什麼意思？」

「我就知道。」

黑黑張嘴笑了。

「今天是妳死亡滿二十年的日子。」

恭子聽了黑黑的話，瞪大眼睛。

她想要說什麼，但內心似乎很慌亂，嘴裡只有吐出白氣。

「用人類的話來說，二十年相當於所謂的『時限』。」

恭子用力點點頭，就像是斷了線的傀儡。

「這些年來，妳很努力。妳的痛苦終於可以結束了。」

黑黑把手放在恭子頭上。

「也就是說……」

恭子終於開口，但她的聲音發抖，不知道是因為冷，還是內心太慌亂。

「……我解脫了嗎？」

「對，這些年來，妳一直很痛苦吧？我馬上就讓妳解脫。」

「啊啊……」

淚水從恭子的眼中落下。

「恭子，妳要走了嗎？」

恭子的臉皺成一團，看著我說：

「好像是，但是這樣……我終於、終於能夠心情平靜了。」

「是嗎……太好了。」

我發現自己也流下了眼淚。

那不是因為感受到她的喜悅，而是為她持續痛苦了二十年而憂心。

恭子走向黑黑，深深鞠躬。

「多虧你吸走了我的邪氣，我才能夠有今天，萬分感謝。」

「不關我的事，妳沒有消除罣礙，至今仍然影響我的考績。」

雖然黑黑這麼說，但他的語氣很溫柔。

黑黑雖然是刀子嘴，但真的是豆腐心。我卻……

「準備好了嗎？」

恭子聽到黑黑這麼問，轉頭看著我。

也許她的精神很穩定，吐出的氣不再是白色。

「螢，那我就先走一步，謝謝妳聽我說那些往事。」

我搖搖頭。這種時候，任何話都沒有意義。

我流著淚，露出笑容，她用力點點頭。

「好，那就走嘍。」

黑黑高舉起右手，嘴裡唸唸有詞，耀眼的光包圍了恭子。光很刺眼，我幾乎無法睜開眼睛。

恭子被光包圍，身體越來越朦朧。

「謝謝。」

這句話就像風一樣吹過我的身旁。

然後……光急速聚集成一點，然後就消失了。

恭子已經不見蹤影。

「啊啊……太好了，恭子，太好了。」

我擦著眼淚，對著已經離開的身影說。

這時，我察覺了黑黑的視線。

……怎麼辦？

「啊，那個，黑黑。」

「那就後會有期。」

黑黑冷淡地轉過身。

「等等，等一下。」

黑黑轉過身的同時，我撲向他的後背。

「妳、妳白痴啊。」

他重心不穩，我們兩個人都跌倒在地上。

「啊，對不起。」

我在幹嘛？這根本造成了反效果！

黑黑咂著嘴坐起來，用力吸了一口氣，指著我說：

「妳是白痴嗎？禁止對引路人動粗！」

「對不起，真的……很、對不、起。」

我最後語不成聲，內心突然百感交集，忍不住放聲大哭。

「妳、妳不要哭。」

「對……不……起。」

我在說話的同時，仍然淚流不止。

簡直就像水壩潰堤，各種感情都變成淚水。

……爸爸、媽媽、阿嬤、琹、蓮、恭子、黑黑……

黑黑盤起腿，抓著頭，喃喃地問：

「原來妳沒有生氣？」

「……黑黑，你才在生氣吧？」

「所以我說妳是白痴啊，我們根本沒有這種感情，我只是因為妳之前氣得像鬼一樣，說什麼『我要自己完成』，於是我就尊重妳的決定。」

「啊？」

水壩的閘門關上了。

「是這樣嗎？」

「當然就是這樣啊。話說回來，我也說得有點太過分了……」

最後的部分太小聲，我聽不見，但這幾天胸口悶悶的感覺總算消失了，我再次抱住了黑黑。

「喂，喂！」

「我沒有別的意思，你放心。」

「真是……」

我聞著他西裝的味道，閉上眼睛，之前從來不曾有過的強烈感情一下子湧上心頭。我立刻抽離了身體，看著黑黑說：

「黑黑，我要消除罣礙，請你陪著我。只要你陪著我，我覺得就可以完成。」

這是我的真心話。

剛才聽了恭子的故事，我現在已經沒有絲毫的猶豫。

「……妳決定了嗎？」

近在眼前的黑黑露出半信半疑的表情問我。

「嗯，涼太和恭子都和我一樣，曾經受過傷，也曾經徬徨迷惘，但是……我知道每個人都這樣。這次輪到我繼續前進了。別擔心，我已經擺脫了煩惱。」

「了不起。」

黑黑伸出右手，就像剛才對待恭子那樣，把手放在我的頭上。他的大手掌讓我感到很舒服。

沿著校舍的樓梯下樓後，現實出現在眼前。

「妳沒問題嗎？妳呼出來的氣都是白色。」

黑黑轉頭問我。

「沒問題，我可以做到。」

我屏住呼吸笑了笑，黑黑苦笑著轉過身。

「經過漫長的路，才終於走到這一步。」

「這句話該等妳全部完成之後再說。」

「哈哈，也對，但是等罣礙消除之後，不是馬上就消失了嗎？我想趁早道謝，謝謝你。」

黑黑走了幾步，停下腳步，轉頭露出奇怪的表情問：

「妳發燒了嗎？我雞皮疙瘩都掉滿地了。」

「什麼嘛！我難得有這種溫柔的感覺。」

雖然我發著牢騷，但臉上帶著笑容。

「人類真的是奇怪的動物。」

黑黑說完，也笑了。

走出校舍，刺眼的陽光令我頭暈目眩。

不知道是否已經過了中午的關係，操場上的田徑社成員比剛才少了許多。

校舍的陰影、綠色樹木、飲水處，一切看起來都那麼美。以後再也無法看到的這一切編織而成的風景讓我又愛又憐。

如果繼續看著這片風景，我可能會陷入感傷，於是我快步追上黑黑，和他並肩走向操場。

「感覺很不可思議，這兩個多星期所發生的事，感覺就像是一場夢。」

「搞不好真的就是夢。」

「每天渾渾噩噩地過日子，就會錯過某些事。」

「也許人類就是帶著後悔過日子的動物。」
黑黑說了這句好像很有哲理的話，然後滿意地點著頭。
「那個世界是怎樣的地方？」
「說不清楚，妳要用自己的雙眼去觀察。」
我已經習慣了他的冷漠。
我的引路人冷漠又冷酷，但是一個心地善良的好人。
「我也長大了。」
「啊？妳有在說話嗎？」
黑黑一臉懷疑地看著我，我敷衍說：「沒事。」
「妳真的可以嗎？明天再去也沒關係喔。」
「太難得了，之前你整天都催促我。」
「哼哼，」他得意地用鼻子發出聲音，「看妳的表情，就知道妳已經下定了決心，和之前完全不一樣了。」
說完，他把頭轉到一旁。

「喔，我知道不能一味逃避，涼太和恭子都接受了自己的命運，我也必須完成這件事。」

「是喔。」

我可以從他的語氣中，感受到他對我的肯定。

我回想起至今為止的這些日子。

人在遭遇困難時，首先會『拒絕』。

我也一樣。在黑黑宣告我死亡時，我也捂住耳朵不想聽。

我覺得從那時候到現在，似乎過了很長時間。

下一個階段是『憤怒』。

我當時也無法接受自己的狀況。

然後就進入名為『討價還價』的階段，努力讓自己保持正常。

我開始消除罣礙，可能就相當於這個階段，那或許是一種很像灰心的情感。

雖然很不甘願，但每次消除罣礙，就重新認識到自己和這些重要的人之間的羈絆。

最後就是『接納』。

然後，就可以克服困難。

不，並不是克服，而是接受。

當完成最後的作業時，我也會接受自己的命運。

即使消除罣礙時的記憶會從他們的記憶中消失，但只要他們能夠偶爾回想起我生前的事，或許就足夠了。

當我回過神時，發現已經來到可以看到蓮的身影的位置。

「終於要面對了。」

黑黑低聲地說，然後用力推我一把。

「嗯。」

風迎面吹來，宛如最後的抵抗。

3

我像平時一樣躲在樹後看向操場，看到蓮站在跑道正中央。

他剛好背對著我，看不到他的表情，但他在呼吸時肩膀微微起伏，可能剛跑完。

突然有一隻手放在我的肩膀上。

「螢，妳可以做到。」

即使不看黑黑的臉也知道，他發自內心為我擔心。

「黑黑，謝謝你，那我去找他了。」

「好。」

他若無其事的回答，反而讓我心情比較輕鬆。

……謝謝。

我在內心再次向他道謝後，走進跑道。

蓮的背影慢慢靠近，我注視著他的後背，筆直走向他。

在距離十公尺左右時，蓮微微轉過頭，我看到他的側臉。

「蓮。」

我出聲叫著他，但他似乎還無法聽到我的聲音，怔怔地看著校舍的方向。熟悉的臉龐近在咫尺。

……啊啊，我真的很喜歡蓮。

無論是比賽前嚴肅的表情，還是平時樂不可支的笑容，或是大聲叫我的名字，向我揮手的身影，還是故意鬧我，亂摸我頭髮，我全部、統統超喜歡。

再次確認自己內心的感情，發現比以前活著的時候更強烈。

我生前能夠這麼喜歡一個人，實在太幸福了。

蓮轉頭看向我的方向。

我覺得眼前的風景好像晃動一下，原來是蓮的身體發出金色的光在搖動。

蓮的雙眼慢慢看到我。

……我終於和蓮相見了。

我的內心湧現溫暖。

我喜歡蓮。這種感情包圍著我。

我一直渴望見到他。

我一直渴望和他聊天。

我想要告訴他，我比任何人更喜歡他。

我知道自己的雙腳、雙手和身體發出好像燃燒的火焰般的光芒。

金色的光芒比之前的光更強烈地包圍了我。

蓮的雙眼看著我。

那是我最愛的眼睛。

意外的是，我的心情很平靜。

我笑著叫著他的名字。

「蓮。」

他是我留在這個世界最後的罣礙，我比任何人更愛他，我呼喚著他的名字。

剎那之後，蓮的表情緩緩發生了變化。

沒想到他竟然露出笑容。

「螢，妳回來了。」

這次輪到我驚訝。

「你為什麼這麼平靜？」

蓮絲毫沒有慌亂，注視著我說：

「我之前就覺得可以再次見到妳。」

「這樣啊……」

我有點混亂，轉頭尋找黑黑的身影，但完全看不到他。

「螢，謝謝妳來看我。」

蓮沒有像平時那樣開玩笑，也沒有和我打鬧，只是溫柔地注視著我。

每當他周圍的光芒晃動，我就感到不安，彷彿他整個人也會跟著消失。

我有滿腹的話想對他說，還有必須對他說的話。

一旦說出口，我就會消失。

我必須把內心這麼喜歡他，這麼痛苦，這麼折磨我的心意說出口。

我調整呼吸後開了口。

「蓮，我……」

「要不要走一走？」

蓮突然調皮地笑了。

「啊？」

「時間還早，來吧。」

他不可能知道消除罣礙的時限，所以應該只是說目前的時間。

看到蓮邁開步伐後，我也走在他身旁。

他配合我的步伐。

雖然只有一小段時間沒有見面，但我內心痛苦不已，好像已經好幾年沒見到他了。

我們穿越跑道，兩個光影走在校舍旁。

雖然其他人看不到我，但我擔心地問：

「可能會被別人看到。」

「沒關係啊。」

蓮絲毫不以為意。

「這樣啊。」

聽他這麼一說，我也覺得其實沒有關係。

我的身體頓時變得溫暖，很慶幸自己鼓起勇氣……

來到校舍後方時，後山吹來的風吹起頭髮，蟬鳴聲像合唱聲從四面八方傳來。

蓮靠在牆上，將視線移向天空。

「這裡涼涼的，很舒服。」

「這樣啊。」

我和他一起靠在牆上，看到了後山後方的天空。

鮮豔的綠意點綴著夏天。

「曾經有很多開心的事。」

蓮閉著眼睛，微笑著說。他用過去式說這件事讓我很難過。

我努力擺脫難過的心情表示同意說：

「沒錯。」

中學和高中生活的回憶。在這些燦爛回憶的所有風景中，都有蓮的身影。

從我發現自己對他的感情那一天開始，世界就以蓮為中心，然後我選擇把這份感情深埋在內心深處。

「沒錯。」

我又說了一次。我有點想哭，聲音發顫。

無法再回到往日的時光，再也回不去了。

「螢，我們總是在一起。」

蓮自己可能沒有察覺，他說話的語氣聽起來很開心。

……我要鎮定。我告訴自己。

「妳還記得我們第一次見面時說了什麼嗎？」

「啊？怎麼可能記得？」

我真的不記得。

「我就知道。」

蓮睜開一隻眼睛，滿臉得意地看著我。

「告訴我，告訴我。」

「妳第一次看到我的時候說：『大高蓮聽起來像藝人的名字。』」

「啊？」

……我有說這種話？

雖然我並不記得自己說過這句話，但蓮記得這件事，讓我很自然地笑了。

單戀總是虛幻渺茫，帶著深沉的悲傷。

但仍然會為了對方不經意的一句話一喜一憂。

正因為愉快的記憶持續增加，喜歡的感情也越來越深。

「我覺得森野螢這個名字才很有趣，根本不像本名。」

「喂，你很過分欸。」

我的身體離開靠著的牆壁向他抗議。

「難道不是嗎？根本就像是漫畫中的角色。」

「我說你啊……」

我舉起右手，作勢要打他時，他抱住我的身體。

蓮用力抱著我的身體。

我的呼吸停止。

世界都靜止下來。

我不知道發生什麼狀況。

——噗通、噗通。

我已經死了，卻可以聽到自己的心跳聲。我甚至把這件事也拋在腦後。

我不光用腦袋，而是用全身感受著蓮。我全身無力，只聽到蓮的呼吸聲。

我希望可以永遠聽他的呼吸。

我的心溫暖起來。我從來不曾這麼幸福。

蟬鳴聲也消失不見。

「蓮？」

「……我不要。」

耳邊響起含混不清的聲音。

「我不要和妳分開。」

我可以感受到他抱著我的手臂用力。

「蓮……」

我雙手繞到他的背後，緊緊抱著他。

我把臉埋在他的胸前，可以聽到他的心跳聲。

我聽著他強而有力的心跳聲，閉上了眼睛。

「我也……不想和你分開，不想和你分開。」

「為什麼會變成這樣？」

蓮在哭泣。

向來個性開朗，像太陽一樣的蓮……此刻正在哭泣。他為我的死感到如此悲傷。

難以克制的感情終於湧上心頭。

「蓮……對不起，對不起。」

悲傷的心情讓我更用力、更用力抱著蓮。可以同時聽到兩個人的心跳聲。

……他就在我的身旁。

我一直希望他可以抱緊我，這一直是我的夢想。

夏天之後，我就會消失。我想要秋天、冬天和下一個春天都和他在一起。

淚水奪眶而出，感情支配了我。

如果有神明，為什麼神明總是讓我這麼悲傷？

我喜歡蓮。

我喜歡蓮。

我喜歡蓮。

我從很久以前就喜歡他，我明確知道這件事……

為什麼活著的時候不敢對他說？

為什麼一直欺騙自己？

蓮慢慢抽離了身體，用手背擦著眼淚。

「螢。」

我看到他因為哭得太傷心而通紅的雙眼。

「蓮，你聽我說。」

我必須說。我必須現在告訴他。

雖然我這麼想，但可能太著急了，遲遲說不出話。

「螢，我喜歡妳。」

「啊？」

「我一直都很喜歡妳。」

淚水戛然而止。

我覺得他會像平時一樣說是『開玩笑』，然後噗哧一聲笑出來。

蓮的雙眼注視著我，露出溫柔的微笑。

「我從第一次見到妳的那一天，就一直喜歡妳。」

「蓮……」

「其實我一直想找機會對妳說……但一直沒有勇氣，直到今天才說。對不起。」

蓮……剛才……說他喜歡我？

我在做夢嗎？

心跳加速，但我並不會感到痛苦。

我可以感受到自己原本缺少的部分被慢慢填滿，全身都溫暖起來。

……啊啊。

豆大的淚水順著臉頰滑落。

原來不是悲傷的淚水可以如此溫暖。

既然我們有著相同的心情，那些煩惱的日子全都染上了溫柔的色彩。

「雖然我無法陪伴在妳身旁，但我希望妳記得，我喜歡妳。」

「蓮……」

除了叫著他的名字，我說不出其他的話。

怎麼可以讓我哭得很難看的臉變成蓮對我最後的記憶？

我努力擠出笑容，但笑不出來。

我調整呼吸後開口。

終於要消除罣礙了。

「我也很喜歡你，我一直都喜歡你。」

在我至今為止的人生中，應該從來沒有像此刻這樣充滿真心誠意說話。

「嗯。」

蓮的回答聽起來好像他早就知道了。

「啊？」

「妳一直『啊？』不停欸。」

蓮帶著微笑的臉湊過來，親了我一下。

「……」

第一次也是最後一次的接吻竟然如此短促。

臉頰的溫度突然上升，當我回過神時，發現自己用右指摸著嘴唇，好像在確認那一剎那發生的事。

……他剛才親吻了我……

「螢，謝謝妳。」

蓮對著一臉茫然的我說完這句話，突然退後一步。

「蓮？」

「謝謝妳來看我，我真的很高興。」

蓮說完這句話，就轉身跑走了。

啊？為什麼？

「等等！等一下！」

事出突然，我完全搞不清楚狀況，追著他逐漸變小的背影。

「不會吧？這不是真的吧？」

我轉過校舍的角落，蓮已經不見蹤影。

我左右張望，找不到他的身影。

「不要！我才不要這樣告別！我不想就這樣消失！我還想和你在一起！」

我聲嘶力竭地叫喊。

我終於傳達了自己的心意，然後就結束了？

我還沒有向他說再見。

「螢。」

黑黑從樹叢中走出來。

「黑黑！蓮、蓮不見了。」

我抓著黑黑說。

我還記得蓮抱著我的溫暖感覺，也記得他親吻我的感覺，就這樣結束了？

連再見的話也沒有說出口，就永遠無法再相見了嗎？

我的淚水弄濕了黑黑的西裝。

「蓮已經走了。」

「我不要！」

我想要衝出去，黑黑抓住我的手臂。

「螢，妳不要激動。」

「放開我。蓮、蓮！」

「妳不要激動，妳看一下自己的身體。」

黑黑用力抓住我的手臂。

我重心不穩，於是看到自己的腳。

「啊……」

「……光已經消失了，蓮已經看不到妳了。」

「怎麼會……」

我把臉埋在黑黑的胸口放聲大哭。

「我……還有話……要告訴蓮，怎麼可以這樣……我還沒有向他說再見。」

我無力地癱坐在地上。

我還想和蓮在一起。

我還想活在這個世界上。

「為什麼現在才說……為什麼之前無法坦誠……」

淚水滴落在柏油路上，就像雨滴般留下了水漬。

我不知道哭了多久，吐出的白氣漸漸變淡，心情漸漸平靜下來。

——嗶、嗶、嗶、嗶。

……又來了。我又聽到了那個電子聲。

「這是什麼聲音？」

我抬頭看著黑黑問。

「聲音？」

「你聽，不是有嗶嗶嗶的聲音嗎？」

黑黑豎起耳朵，聽了一會兒說：

「我沒有聽到任何聲音。」

「啊？怎麼可能……」

我在說話時起身，結果那個聲音就不見了。

「好奇怪，我有時候會聽到這個聲音。」

我擦著眼淚，將注意力集中在耳朵上，還是聽不到任何聲音。

我身上的光消失了，但仍然無法擺脫內心的茫然。

消除罣礙都在剎那之間就已完成。

無論阿嬤、琹還是蓮，在經過那一剎那之後，就永遠也無法再見到我了。

以前活著的時候，每天都過得渾渾噩噩。

雖然有很多時間，但想到如今已是最後，就覺得完全不夠。

之前為什麼沒有珍惜每一天？

消除罣礙的行為簡直就像造成了更大的罣礙。

「黑黑。」

「嗯？」

「消除罣礙之旅就這樣結束了嗎？」

黑黑笑了笑說：

「對，螢，妳完成了任務。」

看到他溫柔而悲傷的表情，我知道真的結束了。

「我覺得罣礙好像反而變多了。」

我比消除罣礙之前，更加思念那一張張臉龐。

我比之前更想念阿嬤、栞，還有蓮。

早知道應該常常對喜歡的人說『我喜歡你』。

風再度吹起頭髮。我抬頭看著太陽。

陽光照亮了世界上所有的一切。

溫暖宜人的陽光，讓我們瞭解到什麼是堅強。

……不知道那個世界是否有太陽？我思考著這個問題，閉上眼睛。

即使從此無法看到，我也知道陽光確實存在。

雖然不知道前方有什麼在等待我，但我能夠憑藉這些記憶，繼續前進嗎？

尾聲

1

「螢。」

我閉著眼睛，感受著陽光，聽到黑黑的聲音。

「你要帶我走了，對嗎？要帶我去那個世界了。」

我已經做好了心理準備。

雖然形式各不相同，但我已經消除了三個罣礙，完成在這個世界能夠做的事。

也許是由於心情很平靜，因此吐出的氣也不再是白色。

雖然很難過，但都已經結束了。我意外發現內心產生這種充實感。

「我必須告訴妳一件事。」

黑黑在說話時，移開視線。

我默默注視著他。

「妳好好聽清楚，其實我騙了妳。」

他用我幾乎聽不到的聲音小聲說道。

「騙我……」

「對，我騙了妳。」

聽了他這句話，我的心臟發出不祥的跳動聲。黑黑停頓了一下，繼續說道：

「螢，妳還沒死。」

「啊？」我笑了，「什麼意思？」

「妳只是半死不活而已。」

「喂！」我有點不高興，忍不住表達抗議。「不要開這種莫名其妙的玩笑。」

「我當然知道什麼時候可以開玩笑，什麼時候不能開玩笑，而且現在是不能開玩笑的時候。」

「你很瞭解狀況嘛。」

「螢，妳在校外教學的遊覽車上發生了車禍，妳記得這件事吧？」

「……大致記得。」

那是痛苦的最後記憶，如果可以，我不願回想當時的事。

「我之前說妳在那場車禍中喪生，那是騙妳的，其實妳目前還在住院，陷入了昏迷，但還活著，所以我剛才說妳『半死不活』，就是這個意思。」

「呃啊？」

意外的發展讓我大吃一驚，發出傻眼的聲音。

「既然這樣，為什麼要我消除罣礙……」

「我們引路人基本上是協助死去的人消除罣礙，但在那個世界，認為徘徊在生死邊緣的人有一半已經死了，會讓半死不活的人在四十九天期間消除罣礙。」

「也就是說，我在現實世界還活著嗎？」

「雖然處於陷入昏迷的狀態。」

黑黑在點頭時，顯得有點為難。

「喔喔……」

我恍然大悟。

正因為我還活著，所以爸爸和媽媽都過著正常的生活……

也難怪家裡沒有我的遺照。

「那我目前生死未卜嗎？」

「不，妳會活下來。」

「既然這樣，為什麼……」

既然這樣，為什麼要我消除罣礙？我無法理解黑黑說的內容。

黑黑清了清嗓子，然後嘆了一口氣說：

「那時候還不知道妳是生是死，上面下達了指示，要我協助妳消除罣礙，然後妳消除了所有的罣礙，妳可以選擇接下來要怎麼辦。」

「我可以選擇……」

我無法瞭解眼前的狀況。

原本以為自己死了，沒想到還活著？

「妳可以選擇生或死，兩條路都可以走。這是處於半死不活，又成功消除罣礙的人才有的特權。」

黑黑說話很冷靜。

「那太簡單了啊，根本不需要選擇。我想活下去，我要活下去。」

黑黑苦笑說：

「妳認真思考一下，回想一下至今發生的事，然後再做選擇。」

他露出我從來沒有見過的嚴肅表情。

我根本不需要考慮。

爸爸。

媽媽。

阿嬤。

琹。

蓮。

原本以為再也見不到他們了，如今終於可以再見面了……

原本以為再次相見的心願無法再實現，既然還可以再見面……

「恭子曾經說，」我說出內心的想法，「只要活著，或許會有不一樣的人生。恭子很後悔自己死了，我也一樣。」

很多事情都是失去之後才發現，然後追悔莫及。

既然有機會重來，我當然想要努力活下去。

「我之前沒有珍惜每一天的生活，無法告訴重要的人，他們對我很重要……我認為這才是我真正的罣礙！」

這是發自肺腑的話。

我不想浪費在消除罣礙旅程中所學到的一切，為此，我、我必須……

「黑黑，我想活下去，我要活下去。」

「無論面對任何狀況嗎？」

「啊？」

黑黑用力嘆了一口氣說：

「雖然我身為引路人，無法詳細說明，但妳遭遇了重大車禍，可能已經面目全非，也可能留下會影響妳一輩子的後遺症，即使這樣，妳仍然想要活下去嗎？」

他直視著我。

我皺著眉頭，說不出話，黑黑繼續說道：

「活下去就是這麼回事，會有痛苦，也會有磨難。妳昏睡了四十七天，可能發生重大變化，如果妳做好了接受這一切的心理準備，當然可以選擇醒來。」

「心理準備……」

……的確。

聽了黑黑這番話，我才想到這件事。

雖然我記不清車禍時的狀況，但我昏睡了四十七天，的確很可能受了重傷。

即使我從昏睡中甦醒，四肢健全的機率可能很低。

即使這樣……

即使這樣，既然有機會可以再活一次，我想要活下去。

我眼前浮現涼太的臉龐。

悲傷帶來更多的悲傷，造成很多人的痛苦。
兔子屋發出的微光。
恭子的臉龐。
屋頂上的風。
恭子的頭髮隨風飄動。
二十年漫長歲月的後悔。
……我不會忘記這個過程中學到的事。
活著是一件了不起的事。
只要活著，只要活著，就是一件了不起的事。
「黑黑，我想活下去，即使受了重傷，即使會留下後遺症，我仍然想活下去。」
「……妳決定之後就無法再改了，這樣沒關係嗎？」
「嗯。」我用力點頭，「我在消除罣礙的過程中，發現原來自己有這麼多罣礙，我想這是因為我以前每天都在虛度光陰。」
以為隨時都可以見面，遲遲沒有行動，或是用謊言欺騙自己，壓抑自己的感情。以前的我在生活中很不坦誠。
「如果我可以重新活一次，我會好好過每一天，度過無悔的人生，所以我想活下去。」
「決定之後，真的就無法再改變了。」
「沒問題。」
我清楚發現，眼前好像突然開闊。我有很多想要馬上見面的人，我憑自己的意志做出了選擇。
「在消除罣礙的過程中，我不停地後悔，正因為這樣，我想再活一次。」
「好……」
黑黑向著天空高舉起右手。
他嘴裡唸唸有詞，圓形的光球漸漸降落到我的頭頂，當光球包圍我時，我的身體發出了藍光。
「當這個光消失時，妳就會醒來。當妳醒來時，消除罣礙的記憶就會完全消失。」
「我也會忘記你嗎？」

黑黑把右手輕輕放在我肩上。

「正合我意，我對活著的人沒有興趣。」

雖然他很冷淡，但我可以從中感受到他幾乎讓我落淚的溫柔。

但是……

「黑黑，拜託你。」

「嗯？」

「或許這個要求有點強人所難，但我不想忘記，繼續記得這一切，可以讓我更堅強。」

「妳又……說這種白痴話了。」

黑黑無奈地說。

「拜託你，這是最後一次，這是我最後的心願。」

我不想忘記。

不光是這幾天發生的事，還有我所感受到的。

我……都不想忘記。

2

「對不起。」

黑黑隔著晃動的光對我說。他看起來很痛苦，也很難過。

「我還是會忘記嗎？」

我克制著不安的心情問。

八成是這樣……我想應該有相關的規定。

即使如此，內心湧起的寂寞仍然讓我痛苦。

即使記憶消失，我仍然能夠靈活運用在這個過程中學到的事嗎？我想每天去看阿嬤，要對栞和蓮說出真心話。

「螢，不是妳想的那樣，難道妳不覺得奇怪嗎？」

「啊？」

「我剛才不是說，妳目前在醫院，處於昏迷不醒的狀態嗎？」

「嗯……」

「也就是說，對現實世界的人來說，妳仍然活著。」

……有哪裡不對勁。內心湧起不祥的感覺。

如果要形容，就是好像藍天中有一個小黑點，那個黑點不斷變大。

「妳正住在醫院，目前還活著，但是當妳消除罣礙時，那幾個人是不是都說妳死了？」

黑黑露出悲傷的微笑。

經他的提醒，我發現的確是這樣。

咦？阿嬤不是有提到我的葬禮嗎？琹也說，『那我不跟妳和好』，而且蓮說『雖然我無法陪伴在妳身旁』……

「所以，這是……」

「螢，對不起……妳看一下身後。」

黑黑的話讓我莫名其妙，我還是轉頭看向後方。

「啊？」

我難以置信地看著站在那裡的人。
阿嬤、琹和蓮，他們都站在那裡。
「為什麼……」
為什麼他們可以看到我？因為我死而復生，所以他們能夠看到我嗎？
阿嬤走到我面前。
「阿嬤……」
「小螢，對不起，不是引路人的錯，是我們不好，是我們拜託他。」
阿嬤握著我的手，好像快哭出來了。
「這是怎麼回事？我搞不懂，我搞不懂。」
琹和蓮為什麼都這麼悲傷？
我還活著啊。我還可以見到他們，他們根本不需要再難過了。
身後傳來黑黑的聲音。
「這幾位是妳消除罣礙的對象。雖然表面上看起來是妳努力消除了罣礙，但其實不是這樣，而是他們消除了罣礙。」

「你是說……」

「在妳遭遇車禍，陷入昏迷時，他們都死了。」

阿嬤雙手捂著臉，低下頭。

「這是怎麼回事？我完全聽不懂……」

黑黑說的話無法進入我的腦袋。

阿嬤明明還活著，但她嘴裡吐出白氣……現在到底是什麼狀況？

千頭萬緒從內心深處湧現。

我不想瞭解這些事。即使腦袋拒絕，仍然呼吸困難，身體開始顫抖。

當我回過神，發現黑黑站在我身旁。

「琹和蓮在那場車禍中喪生了，多喜因為生病死了。」

「騙人！你在騙人！」

我沒有聽他說完，就大叫起來。他們三個人……死了？

黑黑默默看著我。

「我問你……你是不是在騙我？是我死了……阿嬤……琹和蓮怎麼可能

死了？我不相信！」

我拍著黑黑的胸口，他沒有抵抗，只是把頭轉到旁邊。

淚水撲簌簌地落下。

「我還以為可以再見到他們……，以為還可以、和他們……一起……生活……」

我泣不成聲。

「對不起。」

黑黑一臉痛苦，沒有看我。

我知道。我知道這並不是黑黑的錯。

但是……

「這太殘酷了……太殘忍了。」

我放聲大哭。即使哭了很久，都無法停止悲傷。

「螢，」栞面帶微笑站在我面前說：「不要再哭了，好不好？」

她溫柔地拍著我的頭。

「……琹，妳每次都以為是我的姊姊……」

我泣不成聲，生氣地看著她，她笑得眼睛瞇成一條線。

「琹，妳真的……真的死了嗎？」

雖然無法順利發出聲音，但我終於問了這個問題。

我們再一起說垃圾話，再一起放聲大笑。妳怎麼忍心丟下我？求求妳，告訴我這是在騙我。

「對，我們三個人幾乎同時死亡，而且我們消除罣礙的對象都是妳。」

黑黑接著說道：

「而且由我負責他們三個人，其實每個人只有一個罣礙，只是到了我的層級，如果罣礙的對象是人類，就可以知道那個人的名字。我查了一下，發現他們三個人的罣礙對象都是同一個人……他們都希望消除和妳之間的罣礙。」

和我之間……

「但是，妳在醫院內昏迷不醒，在半死不活的狀態下持續昏睡。」

「……」

「但在三十天後，妳的靈魂突然醒了，在這種情況下，我們就不得不採取行動。只不過福嶋多喜在自己家裡，大高蓮在學校，他們剩下的力氣都微乎其微，已經無法離開那裡。他們已經有一半變成了地縛靈。」

我的確分別在阿嬤家和學校見到阿嬤和蓮。

「雖然栞還能夠自由行動，但我認為還是由體力旺盛的妳分別去找他們比較理想。」

「……但既然我們都是幽靈，你應該告訴我實話啊，這樣不就可以很快消除罣礙嗎？」

如此一來，就不需要整天奔波，不需要流那麼多眼淚，可以很順利地消除罣礙。

「真的是這樣嗎？」

黑黑問。

「對啊，那天找栞不是找得很辛苦嗎？」

「喔喔，」琹點點頭，「那是因為引路人說第三個才輪到我，我沒有做好心理準備，妳就突然出現，我驚慌失措。那時候妳身體沒有發光，我就大吃一驚，我還擔心妳會不會發現真相，當時真是捏了一把冷汗。」

琹靦腆地聳聳肩。

「所以那天晚上在公園時，我大聲提醒妳，這次不要再逃走了。」

黑黑苦笑著說。

「喔喔，你是說那個時候……」

我當時聽到黑黑突然大叫，還被他嚇了一大跳。

身體發出的藍光變得更大，微微晃動，包圍了我。

「但是只要你告訴我是這麼一回事，我就會馬上理解，順利消除罣礙。」

「是啊，」黑黑看著我，「如果我告訴妳，妳一定會消除他們的罣礙，因為妳心地很善良。」

「對啊。」

我很不滿地說，但黑黑的眼神仍然很悲傷。

「但是，如果我對妳說實話，妳還會像剛才一樣選擇『活著』嗎？」

我倒吸一口氣，看著他們三個人。

如果我知道只有我一個人可以活下來……

「對，我很擔心這件事。小螢，妳很善良，可能會選擇和我們一起離開。」

阿嬤開了口。

「我也是。」

琹舉起手表示同意。

「以妳的個性，一定會不加思索地決定跟我們走，所以我們就拜託引路人，在妳做出要『活著』的選擇之前，要偽裝成是妳在消除罣礙。」

「雖然偶爾差點露餡，但都靠我的精湛演技化險為夷。」

黑黑得意地挺起胸膛說。

為了我……大家為了我能夠繼續活在這個世界而做了這些嗎？

「真的是你們三個人死了嗎？」

……我一直以為是相反的情況，一直以為是我死了。

正因為這樣，所以我才覺得必須消除罣礙。

「嗯，對啊。」

蓮終於開口。

我和蓮四目相對。他沒有移開視線，注視著我。

「蓮，我不願相信這種事。我們好不容易……」

我們好不容易說出了彼此的心意，美好的一切才開始，竟然就這樣結束了……

我感到鼻酸。

我想看蓮的臉，但淚水和藍色的光，讓他的臉變得模糊。

「剛才光突然消失，所以我慌忙離開了，對不起。」

「不要……我不要，我不想和你分開。」

「我已經沒有罣礙了，因為已經把我的心意告訴妳了。」

蓮說完這句話，對我笑了笑。

我深刻瞭解到他剛才說『雖然我無法陪伴在妳身旁』這句話的意思了。不是我要離開，而是蓮要離開了。

淚水不停湧現，奪眶而出。

「螢，妳不要哭。」

蓮的笑容和以前中學時一樣，他試圖用笑容鼓勵我。

我不行。我笑不出來。

「不要……我也要和你們一起走。黑黑，求求你！取消剛才的決定。」

「不行，不能取消。」

怎麼會這樣……

我忍不住嗚咽，而且停不下來。

藍色的光越來越大。

「我不要！我想和你們在一起，我想和你們在一起。」

「不要說這種任性的話，妳得到了活下去的機會，如果妳浪費這個機會，不是很對不起他們嗎？」

阿嬤走到我身邊，用滿是皺紋的手握住我的手。

「小螢，我很高興最後能夠見到妳，最後能夠把鏡子交給妳，真是太好了。」

「阿嬤……」

「我也是。」

琹摸著我的肩膀。

「我很慶幸能夠與妳和好，現在就能夠毫無罣礙地去那個世界了，太感謝妳了。」

我不要……

不要說這種好像生離死別的話。

「不可以這樣……」

我淚流不止。怎麼會只有我一個人活下來，回去沒有他們三個人的世界？

「蓮。」

我叫著他的名字。

「嗯？」

蓮溫柔地對我微笑。

「拜託你，帶我一起走。」

蓮笑著嘆了一口氣，伸出手臂抱住我。

「不、行。」

「啊喲……你這個小氣鬼。」

我抽抽噎噎，淚如雨下，把臉埋在蓮的胸前。

「我是小氣鬼，所以才說不行。」

他更用力地抱著我。

「螢，妳要活下去，要連同我們的份活下去。」

「不要，我不要這樣！」

「妳不可以這麼任性。」

蓮鬆開我，在我眼前微笑。

他的大手放在我的頭上，像往常一樣摸我的頭，把我的頭髮都摸亂了。
就在這時——
眼前突然出現了耀眼的光，周圍的風景以驚人的速度流動。
眼前的場景不斷回到過去。
簡直就像記憶在回閃。
畫面漸漸放慢速度，來到那個場景。
行駛在高速公路的遊覽車上。
那是我最後的記憶。

——嘰嘰嘰！
隨著煞車的聲音，車身用力搖晃起來。
車身斜斜地滑動，我的身體被推到車窗上。
『螢！』
……這個聲音。
『嗚嗚……』

我看向聲音傳來的方向，用力睜開眼睛。

『螢！』

在視野角落，拚命抓著椅背叫著我的名字的是……

……栞！

我想叫她的名字，但痛苦得無法發出聲音。

『螢，危險！』

當栞大叫時，高速公路的牆壁逼近窗外，而且越來越近。

……要撞到了！？

當身體承受巨大的壓力時，有人用力抓住我的手。

『螢！』

『蓮？』

我不知道發生了什麼事。

因疼痛而漸漸模糊的意識中，我聽到了叫我的聲音，身體被溫暖而結實的手臂抱住。

『……呃。沒事了……螢。』

我熟悉的聲音在耳邊響起。

『蓮！！』

我看不到他的臉。

但聽到他溫柔有力，而且是我最喜歡的聲音。

『沒事……所以……』

溫暖的手摸著我的頭。

——砰砰砰！轟轟轟轟轟！

一陣地鳴般的聲音。強烈的衝擊。劇痛貫穿全身。

『蓮！』

我大叫的同時，失去意識。

我回過神，蓮的手仍然放在我頭上。

……我想起來了。我全都想起來了。

「蓮……」

我的聲音在顫抖。

「嗯？」

淚水再次落下。

但是，現在不一樣了。此刻流淚的原因和剛才不一樣了。

如果蓮沒有來救我，他現在還活著。

蓮把手收回去，我難以置信地看著他的臉。

「那時候……你救了我。」

蓮沒有吭氣。

都怪我。全都怪我。

「對不……起……你、為了……救我……才……」

「不是這樣。」

蓮有點大聲地說。

「但是、但是……」

我幾乎要放聲大哭。

我覺得心被揪緊，再也無法忍耐了。

「螢，妳聽我說。」

蓮用力抓住我的肩膀。

「那時候，那個瞬間，如果我沒有抱住妳，我到死都會後悔，這就是我想做的事。」

「但是……」

「妳不要哭，我很滿足，我救了心愛的妳。」

我咬著嘴唇，忍住淚水，蓮露齒笑了。

「都已經是最後了，妳不要這種表情，妳的笑容很美。」

「時間差不多了。」

黑黑說。

身上的光幾乎消失了。

「妳不是想在最後說道別的話嗎？」

黑黑轉頭對我說。

「但是……」

我露出求助的眼神看著黑黑，黑黑無情地搖搖頭。

「我告訴妳一件事，妳已經轉移到普通病房了，妳放心吧，身上幾乎沒有傷，也沒有留下後遺症。」

「你太賤了，剛才還威脅我。」

我瞪著黑黑，黑黑滿不在乎地聳肩說：

「即使這樣，妳仍然選擇活下去。」

「黑黑，你這個人真的很討人厭。」

「這樣很好，正如我願。」

黑黑說完，向我伸出右手。我用被淚水模糊的雙眼注視著他的手。

「要說再見了。」

我聽了這句話，握住他的右手。他的手很冰。

「黑黑，謝謝你。」

「我受夠了像妳這麼麻煩的人。」

我鬆開黑黑的手，看著另外三個人。當我再次醒來時……再也無法見到阿嬤、琹和蓮了。

我對這件事還沒有真實感。

「還可以……再見面，對嗎？」

我泣不成聲，視野越來越模糊。

「小螢，再見。」

阿嬤……

栞……

「螢，後會有期。」

……蓮。

是我要離開他們。

並不是他們拋下我，而是我選擇了『活著』。

這是我期望的答案！

「我會活下去！我會努力活下去！」

我大聲叫著。

聲音飛上天空，變成風。

「再見！」

在我聲嘶力竭地大叫的同時，眼前變成一片雪白的風景。

我獨自留在白茫茫的世界中。

我好像懸在半空中，分不清哪裡是上，哪裡是下。

我已經看不到他們的身影。

……記憶會被消除。

黑黑這麼對我說。

……我不想忘記。

阿嬤、栞，還有蓮。

以及黑黑，和其他變成幽靈的人，我都不想忘記。

我一次又一次許願。

但我覺得在許願的同時，記憶的碎片漸漸掉落。

白茫茫的世界前方突然出現微光，我的身體好像被那道光吸過去。飛向那道光的速度逐漸加快，那道光越來越強烈，越來越大。

「謝謝你們。」

我小聲說完，立刻被耀眼的光包圍，我閉上眼睛。

——嗶、嗶、嗶、嗶。

我聽到了聲音。規律的電子聲越來越大。

——嗶、嗶、嗶、嗶。

我睜開眼睛，看到白色天花板和螢光燈。

……這裡是哪裡？

我轉動脖子，打量周圍。

這裡似乎是醫院。

我身上穿著從來沒見過的藍色睡衣。

身體連了好幾根電線，這些電線連在左側的儀器上。

——嗶、嗶、嗶、嗶。

那個儀器發出聲音。

「……我回來了。」

我嘆著氣嘀咕道。

「啊！？」

一個聲音響起。

「螢，妳醒了嗎！？」

媽媽驚叫著，猛然從鐵管椅上起身，椅子都快倒下了。

「啊，媽媽……」

我怔怔地應聲。

「螢，啊啊，這是真的嗎？我沒有在做夢吧？」

媽媽雙手掩著嘴，好像隨時會尖叫。

「我好像從睡夢中醒來。」

「這、這樣啊！？啊，不得了了，我要去通知護理師。啊，還要打電話給爸爸！爸爸！」

媽媽手足無措，我拉住她的袖子。

「什麼？妳怎麼了？哪裡會痛嗎？」

我緩緩搖搖頭。

「我有事要拜託媽媽，妳先坐一下。」

「？」

我無論如何都想問一件事。

確認媽媽一臉納悶地坐下，我看著天花板說：

「媽媽……請妳向我保證，妳會老實回答我接下來要問的問題。」

「什麼問題？妳怎麼了？」

「妳要向我保證。」

媽媽看到我說話的態度和平時不一樣，似乎被我嚇到了，點點頭。

我用力深呼吸。

「我是不是參加校外教學時，在高速公路上發生車禍？」

「……對，但是妳平安無事，妳不知道媽媽有多擔心……」

媽媽溫暖的雙手握住我的手。

我用力回握媽媽的手。

「我班上的同學在車禍中喪生了嗎？」

媽媽聽了這個問題，倒吸一口氣。

「山本栞，還有大高蓮，他們兩個人死了嗎？」

「……為什麼、妳、知道……」

「阿嬤也在相同的時候死了嗎？」

「……」

媽媽沒有回答就是回答。

我全都記得……原來並不是夢。

我的震驚比想像中少。

那些日子太真實，而且我的感情產生起伏，不像是夢。

「螢……妳聽我說。」

媽媽的聲音帶著哭腔，似乎正在思考該怎麼向我說明。

我打斷了媽媽：

「媽媽，我想喝果汁。」

媽媽發現我改變了話題，暗自鬆口氣。

「我去買很多果汁給妳。」

說完，就快步走出病房。

確認病房內沒有其他人後，我閉上眼睛。

即使他們不在我身邊，我仍然可以看到他們的臉龐。

「……黑黑，你聽得到嗎？你沒有消除我的記憶，謝謝你……」

黑黑當然沒有回答。

但是我相信他一定在某個地方聽到了。每次當我回過神時，都會發現他在我身旁。

「阿嬤、栞、蓮，你們已經去了那個世界嗎？」

我回想起和他們一起消除罣礙時的情景。

「涼太、恭子，你們也在一起嗎？」

我把雙手放在眼前，看著自己的手掌。

雙手仍然記得抱著蓮時的感覺，記得他用力抱著我……

「我會活下去，會連同你們的份好好活下去。」

我不是說說而已。

這是我發自肺腑的決心。

等到有朝一日，再次安然長眠時，我要把在這個世界所經歷的事，和阿嬤、栞還有蓮分享。

「我會努力活著。」

只要活著，只要活下去，未來就會等待我。

「等等我，等到那一天。」
一行淚水落下。
「謝謝……謝謝。」
那不是悲傷，而是希望。
這時，左手碰到了什麼。我用指尖拿起來，舉到眼前。
那是阿嬤送我的鏡子。
「阿嬤……我收到了。」
即使生命消失，仍然不是終點。
繼承的不光是有形的東西，同時包括了寄託在其中的心意。
鏡子反射著陽光，在牆上描繪出一片彩虹。
那是溫暖的希望之光。
「螢、螢。」
我聽到啪答啪答的腳步聲。
媽媽買了雙手幾乎抱不住的果汁跑進來。
我情不自禁放聲笑了。

後記

各位讀者好，我是戌淳，誠摯感謝各位閱讀《有朝一日，安然長眠》一書。

數年之前，這部作品獲得了『第八屆日本手機小說大賞』這個至今仍然令我難以置信的大獎，得獎之後，這部作品正式出版上市，這次我又重新修正補充，推出了文庫本。

「我想寫一個從結局開始的故事。」

當初是基於這個想法開始動筆寫這個故事，回想起來，這一切彷彿昨日。

我在福利服務中心擔任管理工作，所以曾經陪伴許多人走完他們生命中的最後一程。有些人幸福地離開，也有些人帶著後悔陷入長眠。我相信這個世界上很少有完全無悔的人生，但是我漸漸認識到，我們要努力珍惜每一天，減少人生中的後悔。而且除了珍惜每一天，更要珍惜自己，珍惜自己周圍的人。父母、朋友、自己所愛的人都像空氣一樣生活在自己周圍，很容易認為這一切都理所當然，但我相信並非如此。

這個故事的主角在故事的開始就失去了一切，在為了消除罣礙四處奔走時，內心不止一次產生了後悔。

在故事中，主角說了一句話：

「我認為活著就是一件了不起的事。」

這句話正是我想要透過這部作品傳達給各位的想法。活著就是一件很了不起的事，也許某一天，你會承受莫大的悲傷，覺得天塌地陷，但即使只能痛苦呻吟，在絕望的黑暗中迷惘，總有一天，陽光會照進你的生活。請你努力活下去，只要活著就好，然後相信有朝一日，會覺得「幸好我活了下來」。

最後，感謝STARTS出版社的各位推出這部作品的文庫本，尤其感謝篠原先生和飯野小姐，以及之前單行本出版時，盡心盡力的水野小姐，感謝寫信給我和在網站上留言的各位讀者朋友，更衷心感謝我職場總公司的人員和各位工作人員的協助。

請各位讀者和有點笨拙的高中生螢一起享受這趟消除罣礙之旅，同時希望各位在掩卷之際，獲得能夠對自己重要的人表達心意的力量。

二〇一六年四月二十八日

春日 ハルヒブンコ 文庫

125

有朝一日，安然長眠

いつか、眠りにつく日

有朝一日，安然長眠/戌淳作；王蘊潔譯. -- 初版. -- 臺北市
：春天出版國際文化有限公司, 2023.05
面；　公分. -- (春日文庫；125)
譯自：いつか、眠りにつく日
ISBN 978-957-741-677-3(平裝)

861.59　　　　112004665

版權所有・翻印必究
本書如有缺頁破損，敬請寄回更換，謝謝。
ISBN 978-957-741-677-3
Printed in Taiwan

Itsuka Nemuri ni Tsukuhi
Copyright © 2016 Inujun
Chinese translation rights in complex characters arranged with
Starts Publishing Corporation
through SB Creative Corp., Tokyo and Japan UNI Agency, Inc., Tokyo.

作　　者　戌淳
譯　　者　王蘊潔
總 編 輯　莊宜勳
主　　編　鍾靈

出 版 者　春天出版國際文化有限公司
地　　址　台北市大安區忠孝東路4段303號4樓之1
電　　話　02-7733-4070
傳　　眞　02-7733-4069
E－mail　bookspring@bookspring.com.tw
網　　址　http://www.bookspring.com.tw
部 落 格　http://blog.pixnet.net/bookspring
郵政帳號　19705538
戶　　名　春天出版國際文化有限公司
法律顧問　蕭顯忠律師事務所
出版日期　二〇二三年五月初版

定　　價　380元

總 經 銷　楨德圖書事業有限公司
地　　址　新北市新店區中興路二段196號8樓
電　　話　02-8919-3186
傳　　眞　02-8914-5524
香港總代理　一代匯集
地　　址　九龍旺角塘尾道64號 龍駒企業大廈10 B&D室
電　　話　852-2783-8102
傳　　眞　852-2396-0050